ベリーズ文庫

ハイスペ年下救命医は強がりママを一途に追いかけ手放さない

砂川雨路

STARTS
スターツ出版株式会社

目次

ハイスペ年下救命医は強がりママを一途に追いかけ手放さない

ハイスペ年下救命医は強がりママを一途に追いかけ手放さない

プロローグ

妊娠検査薬の陽性表示を見下ろし、私は動けなかった。

いや、検査をする前から予感はあったのだ。それが現実になっただけ。

私のお腹には和馬《かずま》の子どもがいる。半月前に別れた恋人の子ども……。

結婚前提で交際し、心の底から愛し合い、それでも様々なしがらみで別れざるを得なかった恋人、最愛の和馬。

だけど、私はこの恋の終わりに納得している。二十九歳、もう幼い少女じゃないのだ。私たちは話し合い、冷静に別れを決めた。

子どもができたからといって、もとに戻れる状況ではない。

いや、和馬のことだ。私が妊娠を告げれば、必ず復縁を申し込んでくる。責任感が強く、今なお私を愛しているだろう和馬は、きっとそうする。

「言えない……」

身を切るような想いで別れを告げたのだ。和馬との恋愛は終わった。彼の人生を邪魔しないために、この子の存在を口にすることはできない。

「この子を産みたい」

堕胎は考えられなかった。宿った命への責任を感じると同時に、愛おしい和馬の遺伝子を持った子がお腹にいることが純粋に嬉しかった。

和馬とはやり直せない。だけど、お腹の子を死なせることもできない。

「ひとりで、産んで育てよう」

私は心に決めた。お腹をそっと撫で、まだ感じられない命を想う。祈りに似た強い気持ちは、愛なのだと思った。

1　再会

救急車のサイレンを車内で聞くのは初めての経験だった。怪我でも病気でも救急車に乗ったことがないのだ。今、私の前のストレッチャーに乗せられ呻《うめ》いているのは、会社の後輩の女の子。私は彼女の手を握って、病院への到着を待っていた。同僚たちとの夕食会の後、駅へ向かう道すがら急に彼女が腹痛を訴えてうずくまったのだ。初めての救急車は、付き添いとして同乗となった。痛みでつらそうな後輩に、私も脂汗が出そうだ。病院まであとどれくらいかかるだろう。

十五分ほどで到着したのは都内の大きな総合病院だった。一般外来は当然閉まっている時間で、救急の入口から彼女がストレッチャーで運ばれていく。

私も一緒に『高度医療救命センター』と書かれた病院内へ入った。

スクラブ姿の医師と看護師が姿を現し、救急救命士が状況と容態を医師に伝えているのが見えた。若い医師はてきぱきと指示を出し、彼女に歩み寄る。

「痛いところはお腹ですか」

覗き込んで尋ねると、彼女は呻き声をあげ、なにか言いたげにしている。私は駆け寄って口を挟んだ。

「お腹全部が痛いと言っていました。夕方くらいから、違和感があったと」

医師が顔を上げ、私を見た。

その瞬間、息が止まりそうになった。彼の顔を私はよく知っていたのだ。

「円城寺《えんじょうじ》くん……」

「月子《つきこ》さん」

彼は私の名を呟き、すぐにハッとした様子で自分の職務に戻る。看護師らに向かって声を張る。

「CTとレントゲンいきます」

運ばれていく後輩と、懐かしい彼の背を見つめ、私はしばしその場から動けなかった。

「先輩、昨晩は本当にありがとうございました！」

お見舞いにやってきた病室で、後輩の桜田萌美《さくらだもえみ》はぱちんと手を合わせて頭を下げた。

「桜田さん、まだ横になってなきゃダメでしょ。手術したんだから」

ベッドを傾けて起こした姿勢でいる後輩に注意すると、彼女は平気そうな様子で答える。

「傷は痛いですけど、身体を起こしていてもいいみたいです。大丈夫ですよ」

「でも、盲腸が破れてたって桜田さんのお母さんから聞いたよ」

桜田さんの診断は急性虫垂炎、膿が漏れ出ていて腹膜炎の危機だったのだ。昨晩私は救急車に同乗後、駆けつけた彼女の両親に事情を説明して病院を後にした。先輩とはいえ、後輩の病名を勝手に聞くわけにはいかない。すると彼女のお母さんが、今朝電話で教えてくれた。

「救急のお医者さんと、執刀の外科医がふたりともイケメンだったんで、それだけは眼福でしたけど」

「余裕あるじゃない」

「え～？　普通チェックしません？」

彼女の言うイケメン医師のひとりに心当たりがあり、どきんとしてしまうが表情には出さない。

「月子先輩が男性に興味なさすぎなんですよ。さらさらロングヘアのキリリ美女なのに、社内の男性のアプローチなんか全部スルーじゃないですか。もう少し異性を意識してくださいよ～」

残念ながら桜田さんが言うほどモテてはいない。二重の猫目は自分ではきつそうに見えると思っているし、実際男性にウケがいいのはもう少し甘い雰囲気で優しい女性だと思う。

「そういう話はいいの。ほら、寝て寝て」

「いやあ、本当に月子先輩にはお世話になりました。痛すぎて息もできなかった時に、先輩が救急車を呼んで付き添ってくれて、救急隊員やお医者さんに説明してくれて。ひとりだったらどうにもなりませんでしたよ」

「普通のことをしただけ。今日、桜田さんの笑顔が見られてよかったよ」

「土曜日なのに、わざわざお見舞いもすみません。あ、仕事も……せっかくプロジェクトに入れてもらえたのに～」

「入院は一週間くらい？　待ってるから、治して合流してね」

「退院したら、お礼を兼ねて飲み会を企画しますからね。絶対参加ですよ！」

「もう、安静にしてなさい」

病室を出て、ふうと息をついた。ともかく後輩が無事でなによりだ。

昨晩の再会にいまだ驚いてはいるけれど、彼が医学部だったことも救命医志望だったことも私は覚えている。

「そうか、望んだ道に進めたのか」

ひとり呟いて、エントランスを目指す。彼、円城寺和馬くんは夢を叶えたのだ。私はどうだろう。

武藤《むとう》月子、二十八歳。総合商社『サンカイ』国内特販部勤務。グループリーダーを務めている。

円城寺くんと同じ大学に通っていた頃は、他にも色々夢があったような気がするけれど、結局内定をもらった中で一番有名な企業に入っただけかもしれない。

(でも、やりがいはある。今の自分も今の仕事も好き)

取り組んでみれば、新しいことを覚えられるのは楽しいし、自分が仕事で関わった商材が街中の建物や学校の校舎に使われていると知ると充足感を覚えた。同僚たちともいい関係を築けて、高いモチベーションで仕事ができていると思う。

そうだ。夢を叶えた学友を励みに、私も改めて頑張ろう。そう心に誓って、歩みを進める。

土曜とはいえ一部の外来はやっているようで、ロビーにはそれなりに人がいた。横を通り過ぎ自動ドアを抜けて、病院を背に歩き出す。

「月子さん！」

後ろから呼ぶ声が聞こえた。私をそう呼ぶ人は今の会社の女の子の後輩。あとは、彼くらいしかいない。

涼やかなテノールの声に振り向くと、そこには円城寺和馬がいた。

大学時代ひとつ下の後輩だった彼。

当時から背が高かったけれど、もうひと回りたくましくなったように見える。すっきりとした目鼻立ち、一重の目は綺麗なアーモンド型でミステリアスな印象だ。大学時代はとにかく女子に人気があった。

ダークブラウンの髪は昨晩はセットされていたけれど、夜勤明けにシャワーでも浴びたのか前髪が下ろされている。それが大学時代を思い出させ、胸が締めつけられるような気持ちになった。

「お久しぶりです。偶然のことで驚きました」

「久しぶり。桜田さんのこと、ありがとう。会社の後輩なの。今、顔を見てきた」

「仕事のうちです。それに、外科のメンバーがまだ残っていたので、執刀はそちらに任せましたしね」

「あの後も今まで、高度医療救命センターに詰めていたんでしょう。お疲れ様」

「仕事ですから」

私と彼の間をさあっと風が吹き抜けた。心地よい初夏の風だ。円城寺くんが優しく目を細める。

「変わってませんね。月子さんは」

「変わったでしょう。六年ぶりくらいだし」

「綺麗になりました」

「無理して褒めないの。円城寺くんは大人っぽくなったね」

大人としての距離を保って微笑むと、円城寺くんは一歩踏み出す。さっきより近くに、整った顔とたくましい身体がある。妙に緊張した。

「あの、今度一緒に食事でもどうですか？」

食事の誘いが、先輩を誘うというより女性として誘っているように聞こえてしまうのは私の考えすぎだろうか。彼のような美しい男性がおずおずと慣れない様子で口にしているのを見て、不似合いでこっちまで恥ずかしくなってしまった。彼が真剣な顔をしているから余計に。

「私と？」

「他にいないでしょう」

「……あまり気を遣わない店ならいいよ」

そう答えたのは、敷居の高い店に行きたくないのではなく、学生時代からの知り合いである彼とはあの頃のような気安い店に行きたかったから。

その方が仰々しくないし、先輩後輩の関係に似合う。

「連絡先、当時と変わってないですか？」

「うん。メッセージアプリもそのまま。普通に送れるよ」

私はスマホを取り出した。彼とのトーク履歴は残っていなかったけれど、名前とアイコンは見つけ出せた。スタンプをひとつ、トークルームに送る。

「連絡します、絶対」

「ありがとう。それじゃあね」

私は手を振り、踵を返した。駅に向かって歩きつつ、彼がまだこちらを見ているような気がした。振り向いてしまいたいような、そんな感覚。

やめよう。自意識過剰すぎる。

＊

円城寺和馬は大学が同じ。写真部のひとつ下の後輩だった。

写真部は全メンバーで二十人ほどしかおらず、皆仲がよかった。撮影旅行にも頻繁に出かけたし、ちょっとしたレクリエーションや飲み会もしょっちゅう開催された。

私と円城寺くんは、確かに仲がよかった。私のうぬぼれでなければ、先輩としては好かれていたと思う。

『月子さんの撮る夜の風景が好きだな』

彼はそう言った。私を名前で呼ぶ後輩は彼くらいだった。誰かにそれをからかわれたこともあったけれど、彼はやめなかった。

『名前に月が入ってるせいかな。月夜が好きなの』

この夜は部員数人で、都内の公園に集い、月に照らされる都心のビル群を撮影していた。私は格別に夜の景色を好んだ。夜景だけでなく、月に照らされぽつんとたたずむ公園の遊具や、工場の灯りたち。そういったものを何枚も写真に収めていた。

『すごく雰囲気があります。静かで、優しい空気を感じる』

円城寺くんはカメラを覗く私の横に立ち、真摯な声音で言った。

『この前の展示で歩道橋から東京《とうきょう》タワーを撮った作品があったでしょう。寂しくて、凛としていて綺麗でした』

『ありがとう』

『晴海《はるみ》ふ頭《とう》の夜景もよかったなあ。圧倒されました』

あまり裕福ではない私は、亡くなった父のおさがりの一眼レフを使っていた。技術もなく、好きという気持ちだけで撮影していたので、彼が褒めてくれたのは嬉しかった。

『でも、夜の撮影はひとりではダメですよ。必要な時は呼んでください。ボディガードをしに行きますから』

『円城寺くんも忙しいでしょ。悪いよ』

『月子さんになにかある方が嫌なので』

彼はそう言ってさわやかに微笑んだ。まだ幼さの残る彼は、純粋で一生懸命だった。そんな彼に惹かれる気持ちはあったけれど、口にしたことも態度に示したこともない。

魅力的な彼は人気者だったし、将来医師を目指す身は多忙だ。実際、私が四年、彼が三年になると、円城寺くんは実習なども増えてなかなか部活に顔を出せなくなった。

私も就職活動や卒業論文制作で忙しくなり、すれ違いが増えた。

卒業間近に一度だけ、ふたりで食事をした。偶然学校で会い、帰り道に近くのイタリアンに寄っただけだけれど。

『なんだかんだ言ってふたりきりは初めてですね』
彼は向かいの席でそう言った。
『そう言えばそうだね』
『もっと早く誘えばよかったって思ってます』
彼のちょっと困ったような笑顔に、私は景気よく笑い返した。
『またまた〜』
『本当ですよ』
私に合わせたのか、円城寺くんも楽しそうに笑った。
『月子さんの卒業式、家の事情で行けないんです』
別れ際、彼はそう言った。
『それはしょうがないよ。また部活に遊びに行くし、会う機会もあるでしょ』
『ですよね』
『それじゃあね』
私は手を振り、彼の進行方向とは逆に歩き出した。いつまでも彼の視線を感じながら。
あの日、彼は言いたかった言葉があるのかもしれない。あの瞬間振り向けば、私と彼の関係はなにか変わっただろうか。

何度も考えたが、その後円城寺くんと会う機会は訪れなかった。

私は卒業し会社員になり、何度か男性と付き合った。彼らから言わせると私はドライで仕事が好きすぎるそうだ。そのせいか、どの男性ともあまり馬が合うことなく短期間で別れ、ここ何年も恋人はいない。

＊

思わぬ再会と新たな誘い。私はふわふわした頭で自宅に戻った。

大きな商店街のある街に、私は叔母とふたりで住んでいる。商店街で買ったサンドイッチを手にマンションの一室に帰り着くと、叔母の琴絵《ことえ》が起きてきたところだった。

「琴絵さん、今起きたの？　もう十二時だけど」

「せっかくの休みだもん」

琴絵さんは頭をかいて洗面所に向かう。美術館で学芸員をしている琴絵さんは、オンはぱりっとしているけれど、オフはちょっとだらしない。

四十五歳、私より十六歳年上の叔母だ。

「サンドイッチを買ってきたよ。コーヒー淹れるから、お昼にしよう」

「コーンポタージュも飲みたいなあ」

「インスタントの買い置きがあったよね。出してくる」

私は食材ストック用の棚を覗きに行く。

女ふたり暮らしも十四年になる。私が中学三年生の時に両親が事故で亡くなった。

祖父母は遠方で老齢。私と一緒に暮らしてくれたのは父の妹の琴絵さんだった。

両親の残してくれたお金は少しあったけれど、それは私の学費に、と琴絵さんは懸命に働いてふたり暮らしを支えてくれた。高校からは私もアルバイトを始め、どうにか大学にも入れた。就職してからもふたり暮らしだったのは、節約とお互いラクだったのが理由だけれど、おそらく琴絵さんは両親を亡くした私が寂しくないようにそばにいてくれたのだと思う。

同時に、彼女にも結婚を考えた相手がかつてはいたのではないかと考えてしまう。私のせいで、人生が変わってしまったのかなとも思う。

琴絵さんはけっしてそんなことは言わない。長く付き合うパートナーの男性は紹介してもらっているけれど。

「へえ、大学時代の後輩ねえ」

ランチの席に着いた琴絵さんはコーンポタージュの大きなマグカップを傾け、唇をつけた。あちっと小さく悲鳴をあげて、すぐに離す。

「うん、円城寺くんっていうんだ。医者と患者の付き添いとして再会するとは思わなかった」

「で、食事に誘われた」

「……うん」

素直に頷くと、琴絵さんがにいっと笑う。

「まんざらでもないって顔してる」

「そりゃ、仲がよかった後輩だからね。久しぶりに会って近況報告を聞けるのは嬉しいかな」

「向こうはそんな感じで誘ってないんじゃない？」

そう言われ、私はうーんと小首を傾げた。私を誘ってくれた円城寺くんの顔を思い浮かべる。好意があると感じたなら、それはやはり私が自意識過剰な気もする。

同時に、私の胸には甘い疼きがよみがえりつつあった。大学時代、彼に惹かれていたのは確かなのだ。

「月子、スマホにメッセージが来てるみたいよ。見てみたら？」

棚に置いたスマホをさして琴絵さんが言う。見れば、円城寺くんの名前が表示されている。

「……食事の誘い。候補日と候補のお店」

「仕事が早いわね～」

茶化す琴絵さんをじとっと睨み、私は返信内容を考えるのだった。

約束の日、普段とはテイストの違うドレッシーなワンピースを着た。やはり私もそれなりに浮かれているようだ。幸い、会社では誰にも突っ込まれなかったけれど、きっかり定時に上がった私を見れば、鋭い女子たちは婚活ではと噂くらいは立てそうだ。

今時、アラサーで結婚を焦るのも変だ。だけど、恋をしたい女子たちは、出会いがなければマッチングアプリや婚活サイトに登録するものらしい。私も何度か婚活パーティーに誘われたものの、一度も出かけたことはない。

いや、今日だって後輩と出かけるだけで、デートというわけではないのだ。

平常心、平常心。

心の中で何度も唱えながら、予約の店に向かった。池袋《いけぶくろ》にある気楽な雰囲気のイタリアンは、大学生くらいの若者や会社帰りの人たちでにぎわっていた。飾らない店がいいと頼んで、こういった店を選んでくれた円城寺くんは気が利いている。

これならデートっぽくない。友人同士の食事の雰囲気だろう。

円城寺くんは先に到着していた。

「月子さん」

「お待たせ。仕事大丈夫？」

「今日は夜勤明けなので、非番です」

「眠いんじゃないの？」

「仮眠はとってきましたよ」

にっこり笑う彼はさわやかで、包容力のある笑顔に、改めて大人になったなと感じた。

「ここはなんでも美味しいですよ。パスタもピザも頼んで、シェアしましょうか」

「そうだね。お腹が空いてるからたくさん食べられそうだよ」

お腹を撫でて言うと、彼が目を細めた。

「月子さん、細身のわりによく食べるんですよね。変わってなくて嬉しいです」

大学生時代を思い出しているようなまなざしがくすぐったくて、私は目をそらした。

「注文したら、近況報告会をしましょう。何年も会ってなかったし」

「ええ」

その日、私たちは本当に色々な話をした。大学卒業から仕事に就いて、今日までの話だ。どんな仕事をしていて、どんな風に日々暮らしているか。大学時代の共通の仲間とは、すっかり疎遠になってしまったという円城寺くんに、私が彼らの近況を話した。

円城寺くんは適宜相槌を打って聞いていたけれど、それよりも私の話を聞きたがった。

「今も叔母さんと住んでいるんですか？」

「そうだよ。女ふたり暮らしって居心地いいんだ。お互い働いてるし、マイペースなところが似てるから、気を遣わなくていいの」

「楽しそうですね」

「円城寺くんは？　大学時代は実家通いだったよね」

「今は病院近くのマンションでひとり暮らしです」

彼の務める『野木坂《のぎさか》病院』は都心ど真ん中に位置している。そんなところにひとり暮らしとは。そこまで考えて、彼の実家が多摩《たま》地区の大病院であることを思い出した。

「ご実家の病院で勤務するのかと思った」

「それも考えたんですが」

彼は言葉を切って、ワイングラスを傾けた。

「父の病院では、どうしても息子という目で見られますからね」

「違う環境に身を置きたかったってこと？」

頷いて、円城寺くんは私を見た。

「期待に応えるために父の専門分野である脳神経外科を勉強していたんですよ。その過程で、救命医という仕事を意識していった感じですかね」

「大学時代にも、救命医に興味があるって言ってたね」

「覚えていてくれたんですね。救命の現場に脳血管障害の患者が多いというのもありますが、なにより尊敬する医師が循環器系の名医で救命医なんです。影響されました」

「いいじゃない」

私は彼と自分のグラスにワインを満たすと、グラスを取った。

「この前、私の後輩を助けてくれた円城寺くん、カッコよかったよ。救命って、すごくピリピリした現場なのかと思ったら、みんなすごく冷静で素早くて、そんな中できみはてきぱき指示を出してた。立派なお医者さんになったなあって感動しちゃった」

「月子さん、目線がお母さんですよ」

「だって、突然の再会で驚いた上に、きみがあんまりカッコいいお医者さんになってるから……」

円城寺くんがグラスを置き、ジッと私を見た。

その視線に感じる熱量は、後輩が先輩に示すもの？

居心地が悪いのではない。彼の綺麗な瞳に見つめられると、あの頃を思い出して胸が高鳴るのだ。戸惑う私に、彼は言った。

「再会、偶然だったかもしれないですけど……俺は嬉しいです」

「え、あ……それは、私も嬉しいよ……」

「また、誘ってもいいですか？」

真摯な言葉に私は狼狽《うろた》え、それからこくりと頷いた。

それから、私と円城寺くんは週一回程度会うようになった。決まって彼が誘ってくる。場所は気軽なレストランや、ラフなバルやダイニングバー。恋人がいるわけでもないし、彼は仲がよかった後輩。断る理由はない。

会えば話は尽きないし、会わなかった六年少々がなかったかのような錯覚を覚える。

大学時代から、片時も離れなかった友人のような感覚だ。

一方で私の心にはあの頃の想いがよみがえりつつあった。円城寺くんに惹かれていた大学時代。口に出さず、離れた若い日。

今一緒に過ごせるのが夢のようで、さらに彼の目に優しい情熱が見えるたびに期待してしまう。

もしかして……そんな風に思ってしまう。

友人関係がひと月ちょっと続いたある日、円城寺くんに誘われたのはハイクラスなホテルのフレンチだった。

【上司に招待券をもらったので付き合ってもらえませんか？】

そう誘われ了承したけれど、心の中では妙な期待をしてしまう。今まで気の置けない店を選び、絶妙に友人の距離でいた私たち。今日なにか変わってしまうのだろうか。

いや、期待しすぎだ。彼が私と同じ想いでいるなんて思い込み。

そう自分を律しつつ、手持ちの服の中で一番シックで上等なワンピースと、ハイヒールを身に着ける。ロングの髪も巻いてサイドにひとつ結びにした。

待ち合わせたホテルのロビーに現れた円城寺くんは、ぱりっとしたグレーのサマースーツ姿だった。普段はシャツにスラックスだったり、夜勤明けの日は私服のジーンズ姿だったり。病院ではスクラブに白衣だった。スーツ姿を見たのは初めてだ。

「月子さん、素敵ですね。紺色のワンピース、月子さんの長い手足が映えて、似合ってます」

「ありがとう。でも、私としては円城寺くんのスーツ姿にびっくりしちゃった」

「変ですか？」

「カッコいい。素敵。そんな言葉を思わずのみ込んで、代わりに言った。

「大人になったなあ」

「また、母親か姉みたいな口調」

そう言って、円城寺くんは笑った。

並んで入店し、向かい合って座る。席は窓際で、他のテーブルとは距離があった。

「夜景が見える。すごく綺麗……」

「そういう席にしましたから」

私が窓から彼に視線を戻すと、円城寺くんは微笑んでいた。

「すみません。上司からの招待券は嘘です。ふたりでこういう店に来てみたかったので、こんな誘い方をしました」

「……素直に言ってくれたらよかったのに」

「月子さんを身構えさせたくなかったから」

それはどういう意味だろう。身構えるようななにかがあるというのだろうかと、勝手に鼓動が速くなる。

ワインが到着し、コースの前菜が運ばれてくる。

他愛ない話をしながら、食事を楽しんだ。どれも盛り付けが綺麗で美味しくて、こういった店に馴染みのない私は、「美味しい」以外の語彙《ごい》がなくて悔やまれるくらいだった。

コースの最後にデザートのアイスクリームとコーヒーが運ばれてきた。大満足のディナーだった。円城寺くんは、こういった一流店に私を連れてきたかっただけのようだし、素直に喜んでおこう。変に期待してしまったのは恥ずかしいけれど。

すると、すでにデザートが出された私たちのテーブルに、新たにバラの形のクリームがのった小さな丸いケーキがやってきた。私の前にことんと置かれる。

「わあ、かわいい」

「こちらもどうぞ。バラのリキュールです」

一緒に出されたのは小さなグラスに入ったローズリキュール。顔を近付けると、強いバラの芳香を感じた。

「最後にバラ尽くしなんて素敵。これも円城寺くんの計らいでいいのかな？」

「そうですね。あとはこれを」

そう言って円城寺くんは私にバラの花を一輪差し出した。

「一、二、三。バラを三つ用意しました」

首を傾げる私に、彼は照れたように視線をそらす。

「キザなことをして気付かれないのも恥ずかしいんですが、三本のバラには花言葉があります」

「三本のバラ……それって」

確か、バラの花言葉は本数で意味が違ったはず……。答えを聞く前に私の頬はかーっと熱くなる。

「『あなたを愛しています』」

わずかに頬を赤らめて口元を押さえる彼と、真っ赤な顔でおろおろする私。

「まどろっこしいし、キザですよね。反省します」

「いや、花束でも気付かないよ。私、鈍感だから」

「そこは気付きましょうよ。……返事、急ぎませんので」

狼狽えながらも、私は今言うべき言葉を見失わなかった。

「返事は待たせません。……私もきみが好きです」

円城寺くんが顔を上げた。綺麗な目は見開かれ、唇がもの言いたげに薄く開く。

「大学時代、実はきみに惹かれてたの。言い出せなかったけど。再会して……、やっぱり好きだなあって思ってたから……すごく嬉しい」

「俺も、大学時代からあなたに恋していました。年下で、後輩にしか見られていないのかなって、あの頃は口にできなかった……。再会できて、今度は絶対に気持ちを伝えようって思ったんです」

「大学時代から、両想いだったってこと……？」

私は恥ずかしいくらい真っ赤になっているだろう頬を押さえ、潤んできた目から涙がこぼれないように耐えた。

円城寺くんが、私に向かって手を差し伸べる。私はおずおずと右手を差し出した。

彼が私の手を包むように握った。

「改めて、俺と交際してください」

「はい。喜んで」

言葉を交わし、私たちはどちらからともなく長いため息をついた。それは安堵と喜びの入り交じったもので、互いの顔を見て思わず笑ってしまう。

「今夜は興奮して眠れそうもありません」

「私も……」

そう言って、私たちはまた笑った。


「お先に失礼します」

私はオフィスのメンバーに声をかける。むやみに残業をしていい時代でもないので、定時を過ぎて三十分もすると、それなりの人数が帰宅していく。その波に乗った私を、隣のデスクの桜田さんがにまにまと見上げる。

「月子先輩、最近ご機嫌〜」

「そう？　普通だけど」

虫垂炎から完全復帰した彼女は、私のチームで元気いっぱい働いてくれている。意味深な視線で見上げてくるのでどぎまぎした。

「今日はデートですか？」

「友達と食事」

桜田さんが虫垂炎で倒れた事件をきっかけに、後輩と再会し交際に発展していると は言えない。

「デートだ、デート。月子先輩、もともと綺麗だけど、最近肌つやつやで瞳キラキラ。恋の力だ」

「こら、滅多なこと言うと同性でもセクハラですよ」

ふざけておでこをつつくと、桜田さんがきゃあっとおどけた声をあげた。

「じゃあ、今日のところはお友達と食事ってことで了解です〜。楽しんできてくださいね〜」

「桜田さんも、早めに上がりなさいね」

私は後輩のツッコミをどうにか流して、オフィスを出た。


待ち合わせは新宿《しんじゅく》駅。南口の雑踏の中、花屋の近くで彼を見つけた。

「和馬、お待たせ」

空気はすでに冷たく、秋が深まっていた。初夏に再会した私たちは夏に恋人になり、今新しい季節をふたりで過ごしている。

「月子、お疲れ様。全然、待ってないよ」

駆け寄った私の腰を優しく抱いて、エスコートしてくれる和馬。私の恋人は間近で顔を覗き込んで、尋ねる。

「月子、今日は焼肉の気分だってメッセージで言ってたよね」

「そう。昨日の夜から焼肉の口なんだぁ。和馬は大丈夫？」

「いいよ。俺は毎日焼肉でもいいくらいだから」

「そんなに肉好きだったっけ」

「男子は肉好きなんだよ。いくつになっても」

その後、繁華街の焼き肉店でお腹いっぱいになるまで食事し、腹ごなしも兼ねて散歩した。気が済むまで歩いたら赤坂《あかさか》にある和馬のマンションまでタクシーで向かう予定である。

繁華街を離れ、オフィスやマンションが並ぶ地域に来ると、いっきに静かになる。歩いている人は多いけれど、皆家路を急ぐ人ばかり。

私たちはぴったりと寄り添って歩いていた。

「寒くない？」

和馬が肩を抱いてくれるので頭をもたせかける。

「くっついてたらあったかいよ」

「うん、月子は体温が高いな」

「ふふ、昔から体温高めなの。ゆたんぽみたいでしょ」

和馬が私の耳に唇を押しつけるように囁いた。

「じゃあ、今夜は月子のゆたんぽを抱いて眠ろうかな」

「……ダメだよ。帰るからね」

琴絵さんもいるし、あまり頻繁に外泊しないようにしているのだ。大人として自己責任ではあるけれど、半分親代わりの琴絵さんに和馬に夢中になっている姿をあまり見せたくない。節度ある交際をしているように見せたいのは、私が見栄っ張りなのか、二十八歳にもなってメンタルは子どもなのか。

「帰したくない」

和馬はそう言って、私を抱きすくめ、耳にキスをした。

「こーら。ダメでしょ」

「月子はそうやってお姉さんぶろうとするけれど、ベッドの中ではかわいい女の子になるって、俺は知ってるから」

「そういうことを外で言わないの」

大人の距離でいたいのに、和馬の情熱に流されそうになってしまう。恋を叶えてから、和馬は時間を惜しんで私と会いたがってくれるし、ふたりきりの時は溺れるほどの愛をくれる。その愛にほだされて、私もどんどん離れられなくなる。

「月子」

甘い囁きに、とうとう根負けした。帰宅するかどうかは置いておいて、私も早く彼の温度を感じたい。

「タクシー、呼ぼう。早く帰ろ」

「ああ」

待ちきれないように和馬が私の頬にキスをした。


和馬の部屋は赤坂《あかさか》の一等地にある高層マンションだ。勤務先から住宅手当が出ていると言っていたし、大病院の福利厚生としては頷ける。それでも、和馬のベッドから都心の夜景を眺めていると、自分が随分場違いなところにいるような気がした。

正直、お金には苦労した学生時代だった。同じ大学に通っていても、学生の貧富の差は結構はっきりしていて、アルバイト漬けの子や節約してなかなか遊べない子は多くいた。一方でリッチな学生もおり、特に医学部や薬学部は経済的に恵まれた家庭の子弟が多く、和馬もまた総合病院を営む家の御曹司。

おそらく和馬の生活レベルなら、こういったマンションにひとり住まいするのは普通なのだろう。私が同じだけの収入があったとしたら、きっと住まいは変えずに貯金してしまうんだろうな。

激しく愛し合った後でも、こんな一瞬に自分と和馬の生きてきた世界の差に愕然とする。

「月子、どうした？」

横たわり夜景を見つめる私を、和馬が覗き込んだ。私は顔を傾け、夜景から和馬に視線を移して、にっこり笑ってみせる。

「綺麗だなあって思っただけ」

「そう。職場に近いから選んだし、あまりじっくり夜景を見ることもないけれど、月子が喜んでくれるならこの部屋でよかった」

夜景も部屋も立派で綺麗で、私の身の丈に合わないように感じてしまう。和馬が困惑するだろうから、口にしないだけ。

「でもさ、結婚して子どもができたら、戸建てを買おうよ」

和馬の言葉に私は微笑んだ。まるで無邪気な未来予想図をはっきりと口にする和馬が愛おしい。

「気が早いなあ」

「俺は本気だよ」

身体を起こした私に、和馬が真剣な瞳を向ける。

「まだ付き合ってそんなに経ってない。だけど、俺は月子と結婚を考えてる」

「和馬……」

「月子はどう？　考えられないかな」

返答に困って私は和馬の首に腕を回して抱きついた。喜びと、言葉にならない不安。

なんて言えば伝わるだろうと考えて、和馬に耳打ちした。

「正直に言えば、すぐに結婚はちょっと悩む」

「……そう」

「だけど、結婚するなら和馬以外考えられない」

和馬が感極まったように私の名を囁き、唇を重ねてきた。何度も何度も角度を変えてキスされる。

「ちょっと、和馬……」

「やっぱり帰したくない」

キスに流されまいと必死に腕を突っ張るけれど、抱きすくめられ、ベッドに押し倒されてしまう。

「和馬、終電なくなっちゃう」

「なくなってもいいだろ」

キスの雨の中、サイドボードで私のスマホが振動した。キスを中断させ、スマホを手に取ると琴絵さんからのメッセージだ。

「ええと【今夜は浅岡《あさおか》の家に泊まります】だって」

「浅岡さんって、月子の叔母さんの恋人？」

「そう」

和馬が目を細め、ふっと笑った。企んでいるような悪い笑顔なのに、たまらなくセクシーだ。

「今日、帰る理由がなくなっちゃったな」

「そう……みたい……ん」

言葉は途中からキスで塞がれてしまう。もう抗えない。私は和馬の首に腕を回し、彼のキスと甘やかな愛撫を受け入れた。

和馬との交際は順調そのものだった。大学時代は両片想いの状態だった私たち。ようやく愛を伝え合える環境になり、お互いに気持ちが止まらないのだと思う。

会えば幸せで情熱に満ちた時間を過ごし、未来の約束を重ねた。実際、和馬は父親に会ってほしいと私に言った。私も、琴絵さんと和馬が会う機会をセッティングした。和馬のお父さんと会う機会はあちらの都合で決まらなかったものの、琴絵さんを交えた三人の食事会はとてもいい時間だった。

「月子がお嫁に行くなら、喜んで送り出す」「ひと仕事終えた気分だよ」琴絵さんはしきりにそう言った。親代わりだった琴絵さんに結婚したい相手を紹介できたのは、私にとっても喜びだった。私が家を出れば、琴絵さんは恋人の浅岡さんと同居を始めるかもしれない。

「和馬くんはお父さんとお兄さんがいるんだよね。婚約となったら家族で顔合わせかな。緊張するなあ」

琴絵さんがわくわくした様子で言い、私は苦笑いだ。

「気が早いよ、琴絵さん。私も仕事が忙しいし、すぐに結婚は考えてないんだから。ゆくゆくはって話。それに琴絵さんが緊張することないじゃない」

「緊張するわよ。ぴかぴか綺麗な叔母になるためにエステに行っちゃう」

「エステなんて行ったこともないくせに〜」

「健康ランドのエステは行ったことあります〜」

私たちの笑顔をよそに、その一瞬だけ和馬の表情が曇ったように見えた。

「和馬？」

様子をうかがうと、彼はすぐに笑顔になった。

「なんでもないよ」

本当にそうだろうかと不安に思う私をよそに、和馬は琴絵さんに向かって口を開いた。

「兄も医師ですが、国際支援で途上国に行っています。顔合わせに呼んで来るかは微妙ですが、結婚式には絶対に来てもらいますので」

「まあ、海外でお医者さまを。ご立派ねえ」

琴絵さんが感嘆の息をつき、私はなんとなくの違和感をのみ込んだ。

「月子にとって親同然の琴絵さんに挨拶できてよかったよ」

恋人の家へ向かう琴絵さんと別れ、私は和馬について彼のマンションに向かっていた。休日のランチタイムの会食だったので、夜まで和馬とまだ過ごせる。

「ねえ、和馬、やっぱり私も早くお父さんにご挨拶したいな。お忙しいのはわかるんだけど、けじめっていうか」

「……ああ。もう少し待っていてほしい。あちこちで会議が多くて本当に多忙のようでね」

「うん、それはもちろん」

マンション前までやってくると、和馬がぴたっと足を止めた。見ればエントランスに人影がある。向こうがこちらを見て、自動ドアを抜けて外へ出てきた。

「和馬、どこへ行っていた」

初老にさしかかる白髪交じりの体格のいい男性が和馬を呼ぶ、和馬は厳しい顔をして対峙した。

「来る時は事前に連絡をと言っただろう」

「父親になんて言い草だ。今日は時間を空けろと言っておいたはずだぞ」

「その件については断ったじゃないか、父さん」

そうかなとは思ったが、和馬が男性を父と呼んだ。ちょうど会いたいと話していた和馬のお父さんとこんな形で対面することになるなんて。

「あの、初めまして……」

剣呑なふたりの間に入るのはどうかと思ったが、仲裁になるのではないかと口を開いた。

「武藤月子と申します。和馬さんとお付き合いさせていただいています」

「ふん」

和馬のお父さんはこちらを品定めするようにじろじろ見て、それから鼻を鳴らした。

「これがおまえの言う結婚したい人か。私の勧める相手との縁談を断ってまでそう言うのだからどんな女かと思ったら……」

ぎょっとしたのは縁談という言葉に対してだった。和馬に縁談？　私はまったく聞いていない。

「格別美人というわけでも、若いわけでもないじゃないか。どうして彼女がいいんだ」

和馬のお父さんは私に対して一切口をきいていない。すべて和馬に対して話しかけている。私を同じ人間として見ていないのではないかと感じられる言葉の数々に、さすがに唖然《あぜん》とした。

「父さん、それ以上くだらないことを言うなら許さないよ……」

「許すも許さないもない。おまえが子どもの頃から言っているぞ。おまえと翔馬の仕事は、円城寺家を繁栄させることだ。医者になり病院を盛り立て、利益になる妻を娶《めと》り、たくさんの子どもを成す。勝手に外国に行った翔馬《しょうま》はもう知らん。その分、おまえの結婚には力を入れている」

そこでようやく和馬のお父さんは私を見た。笑っていたけれど、無機物のような瞳に私は映っていない。

「わかったかね、お嬢さん。和馬の相手はこちらで見つける。玉の輿の夢は捨てるんだな」

「父さん、やめてくれ。もう帰ってくれないか！」

和馬が庇うように私の前に立ちはだかった。その態度に和馬の父親は苛立った表情を見せる。

「おまえはまだわからないのか！」

ちょうどそこへマンションの他の住人が通りかかり、和馬の父親は怒声を引っ込めた。すかさず和馬が言った。

「近いうちに実家に戻る。その時に話そう。悪いけど、今は父さんの顔を見ていたい気分じゃない」

和馬はオートロックを解除し、私の背を押し込むようにドアの向こうへ。父親を置き去りにその場を去った。

私はショックと混乱のまま、帰るとも言い出せずに和馬の部屋についていくのだった。

2 すれ違い

「ごめん、ちょっと混乱してる」

和馬の部屋に到着し、私はカウンターチェアに腰かけた。カウンターに肘をつくと自然とため息が漏れた。正面に立った和馬はうなだれ、沈鬱《ちんうつ》な顔をしている。

「すまない、月子。きちんと説明しないで」

「……お父さんは、私との交際を反対してたんだね」

言いながら、和馬がこのことを隠していたのを恨めしく思った。なにも知らない私は、のんきにいつか挨拶に行けると思っていたし、相手の気持ちも知らずにぬけぬけと恋人だと挨拶してしまったのだ。

「昔から父はああいう人なんだ。女性を馬鹿にした発言をするし、母との離婚理由もそれだ。俺と兄は、病院の利益になる女性と結婚しろと言われ続けてきた。兄の翔馬は父に嫌気がさして海外に行き、余計に俺への圧が強くなったんだ」

和馬は嘆息するけれど、私の中にはもやもやが渦巻いている。

「具体的な縁談も進んでいたのね」

その部分はものすごく引っかかる点だった。私と付き合いながら、裏では縁談が進んでいたなんて、裏切られたような気持ちだ。

「誤解しないでほしい。俺は断ってるんだ。父が勝手に相手方と話をまとめようとしている」

「……利益になる女性ってお父さん言ってた」

「ああ、……『峯田《みねた》物産グループ』総帥の孫だそうだ。大学を出たばかりの二十二歳。父の価値観からすれば『俺に相応しい相手』だそうだ。俺の意見を無視して、なにが相応しいだかわからないよ」

吐き捨てるように言って、和馬は再び私に向き直り頭を下げた。

「本当にすまなかった。月子に言わなかったのは、父を説き伏せるつもりだったから。こんな形で、月子と対面させる気なんてなかったんだ」

「忙しいとか都合がつかないとか……嘘だったんだね。私は正直に言ってもらった方がよかった」

「きみを傷つけたくなかった。結果として、きみを傷つけ嫌な思いをさせてしまった。反省している」

和馬が私を庇うために隠していた気持ちは理解できる。だけど、結婚を考えてくれているなら、隠し事はない方がいい。家族の問題はスルーできないのだ。

「月子、俺は結婚するなら月子とだと思っている。一生一緒に歩むのは月子しかいない」

「和馬……」

「父は絶対に説得する。もう少し待っていてほしい。もし、ダメなら父と縁を切ってもいいと考えている」

それはダメだ。親子の縁を切るなんて簡単に言っていいことではないし、なによりそう簡単に切れるものでもないはずだ。

それに、すでに実の両親がいない私からしたら、『縁を切る』という和馬の発言はものすごく浅い考えに思えてしまった。

「とにかく、お父さんと話をして。私も改めてご挨拶に行く準備をしておくから」

「ありがとう、月子」

その時だ。和馬の仕事用のスマホが音を立てて鳴り響いた。付き合い始めてから何度かあったのでわかる。高度医療救命センターからの緊急の呼び出しだ。

電話を終え、和馬が私を見た。

「呼び出しでしょ。すぐに行かなきゃ」

「すまない、月子。話の途中なのに」

「いいよ。気にしないで」

私は不器用に微笑んで、腕にかけていた秋物のコートを羽織り直した。

秋から年末にかけて、新規プロジェクトが入って私は忙しくなった。

国内特販部の商材は建材で、取引先に大きな仕事が入ればこちらも同じく慌ただしくなる。

私のチーム以外にも複数のチームが絡むため、連絡が滞らないようミーティングが増えた。ミーティングは早朝や終業後が多く、和馬と会えない日々が続く。

ようやく会えたと思ったら、和馬の方に呼び出しが入るということも頻繁だった。

高度医療救命センターにはクリスマスも年末年始もないとは知っていたし、年の瀬は救急搬送も増えるそうだ。しかし、和馬と会えないのは寂しく手持ち無沙汰だった。

やっと時間が合って、ふたりで会えたのは大晦日。街には人が多く、肩を寄せ合って歩く私たちは、束の間ここ最近の多忙さを忘れた。

「今日は夜まで一緒にいられるから」

「うん」

頷きながらも、明日は和馬が早朝から仕事だとわかっているので、早く帰らなければと考えている。元日も救命医は変わらず仕事がある。

「結婚すれば、同じ家に帰って一緒に眠れるのにな。仕事以外の時間は一緒にいられる」

「そうだね」

「早いうちに父と話すから、もう少し待っていてほしい」

「もちろんだよ」

目的地は決めていなかった。葉の落ちた街路樹の下、木枯らしに吹かれつつ歩く。ショップに入って服を見たり、雑貨を眺めたり。一緒に暮らしたら、こんなマグカップを使おう、カーテンはこの色。そんな話をする私たちは、ただひたすらに幸せな恋人同士に見えただろう。

夜は和馬の家で天ぷらを揚げた。私がいないと自炊もろくにしない和馬は、アシスタントとして料理を手伝った。お蕎麦と天ぷら、他にもいくつかのお惣菜。余ったものは和馬の明日以降の食事にしてもらう。

わずかな時間だけれど、ベッドの中でじっくりと愛し合い、二十二時には仕度を整え玄関先で別れた。

「またすぐに時間を作るよ」

「ありがとう、和馬。よいお年を」

タクシーの後部座席に身体を預け、あと数時間で年が明ける街を眺めながら、琴絵さんと暮らす家へ向かう。身体を重ねた余韻で、じんわりとした疲労を感じた。

(和馬、忙しそうだったな)

久しぶりに行った和馬の部屋は、少々荒れていた。生活の場ではないのが伝わってくる有様で、冷蔵庫は空っぽだったし、どの部屋もしばらくカーテンを開けていないように見えた。クリーニングから戻ってきた衣類がカーテンレールにひっかけてあり、グラス類以外の食器が使われた形跡もなかった。

(私が和馬のお嫁さんになったら、多忙な和馬を支えてあげられるんだろうか)

私は私で、いつも仕事でいっぱいいっぱいだ。今は琴絵さんとふたり暮らしだから、補い合ってどうにかなっているけれど。

(和馬に必要なのは全面的にサポートをしてくれるお嫁さんだろうな)

前時代的だと思う。だけど、どうやっても家事に携われないほど忙しい職種の人はいて、そうなれば一緒に暮らす人間がサポートする方がスムーズに生活を送れるだろう。

和馬は私と結婚すれば努力してくれる人だと思う。家事の分担はできるだろうし、子どもが生まれれば育児も頑張るだろう。でも、それが彼の負担になったら悲しい。そしてあのお父さんは、和馬をサポートできない女性を嫁とは認めてくれないのではなかろうか。

(仕事を辞めろって言われたらどうしよう。もちろん、和馬がなにより大事だけれど、私がここまで積み重ねてきたものだって、簡単には捨てられないよ)

そもそも、和馬の父親との対面はいまだ予定も立っていない。和馬は説得しきれていないのだ。

(新年は色々と先に進めるといいな)

家は間もなく。恋人と食事に出かけていた琴絵さんも先ほど戻ったと連絡があった。年を越す瞬間はふたりで買い置きの甘納豆でも食べよう。

そう考え、私は束の間目を閉じた。

新年が始まり、私は新しいプロジェクトのメンバーになった。前回よりも大きな規模で、いっそう忙しくなるのは目に見えていた。しかし忙しさにかまけていると、和馬と会う機会を逸してしまう。和馬と休みを合わせる努力はしなければいけない。

和馬はお父さんとの話し合いを続けていたが、私との対面は叶っていなかった。詳細は話してくれないが、結婚の許しは出ないのだろう。

恋人の家族に認めてもらえないというのは、悲しいことだった。和馬の父親が初対面時に取った態度から、女性蔑視の強い人なのだろうと感じていたけれど、彼を育てた人から『不適格』の烙印を押されるのは傷つく。しかしそれを言えば和馬は焦るし、父親との溝は深まるだろう。私にできることは待つだけ。

まったく進展がないままひと月、ふた月と時間が経っていった。

「どうやっても、私のことは認められないのかな」

ぽつんと呟いたのは、和馬の対話が何度目かの失敗に終わった後だった。

和馬の家で、私たちはコーヒーを飲んでいた。

「このまま父の顔色をうかがっていたら、埒が明かない。月子、やっぱり俺は父と縁を切ってでも月子と結婚に向けて動き出したい」

「縁を切るなんて簡単にできることじゃないよ。和馬が縁を切るって言っても、お父さんから和馬への連絡は来るだろうし、同じ業界で働いていれば不都合なことも起こるんじゃないかな」

「確かに『済々会病院《さいさいかい》』の院長の権力は強いよ。知人も多いし、父に睨まれたくない医師もいるだろう。でも、俺には関係ない」

「私は……家族なんだし仲良くできる方法を模索してほしいとは思うよ」

両親を亡くしている私の希望だ。生きて話ができる以上は諦めてほしくない。

すると、和馬がめずらしく険しい顔のまま私を見た。

「月子の考えは甘いよ。きみの願い通り父と話し合いを続けてきたけれど、やはり話が通じる相手ではないんだ。俺もきみもいい大人だし、ふたりの判断で結婚はできる」

「そうかもしれないけど……」

「それとも月子にとって、俺はそこまで価値はない？」

驚いた。和馬が卑屈とも取れるような言葉を口にするなんて。いや、きっと和馬も焦れているのだ。

「なんでそうなるの。和馬のこと、大事に決まってるじゃない」

「じゃあ、俺は一緒に覚悟を決めてほしい。ふたりで生きていく覚悟を。俺は月子を愛しているよ。そのために父親と決別してもいいと考えてる」

私の無言に和馬は深いため息をついた。あきれたような残念なようなため息だった。

その様子に私の中で言いようのない苛立ちが募る。

和馬の気持ちはわかる。私だって、ひどいことを言う和馬のお父さんを無視して、和馬と結婚したい。そうしてもいいと思っている。

だけど、結婚は家と家の繋がりで、一生の問題だ。ここで和馬がお父さんとの間に禍根を残すことで、将来的にどんなトラブルになるか想像できない。すっきりとカタをつけられるなら、そうしてから進みたいのだ。

それと同時に私の中でくすぶり続けている気持ちがある。

多忙な私たちが、結婚というスタイルを取って、うまく暮らしていけるだろうか。今の恋人同士の距離感の方が、お互いのリズムを邪魔しないのではないだろうか。和馬の生活を全面的にサポートすることは私にはできない。

「和馬、縁談についてては本当にもういいの？」

「無理やり食事会に出させられたけれど、今は結婚する気はないって向こうの家には言ってきたよ。お相手の令嬢本人にもね」

食事会の話は初耳だ。私が聞いて不愉快になると思って、わざわざ言わなかったのかもしれないけれど、裏で縁談相手に会っていた事実にすごくもやもやした。

「今は……って、中途半端な答えだね。いずれは結婚するって意味に捉えられない？」

つい口をついて出た言葉には険があって、私自身が驚いてしまった。

「向こうがそう捉えるとは思えないけど、まだなにか言ってくるなら改めて断るつもりだ」

毅然と言う和馬に、不信感を覚えてはダメだ。結局、お父さんや相手方の顔色をうかがっているんじゃないかと疑ってはいけない。

「月子、俺はきみを不安にさせたくない。父のことでは負担をかけていると思っているけれど……」

私は立ち上がり、食器をシンクに片付けた。普段なら洗って帰るけれど、今日は和馬に任せよう。このままここにいたくない。

「ごめん、今日は帰るね」


なんとなく険悪なまま和馬のマンションから帰宅した翌日、職場に来客があった。仕事中だったし、アポイントの覚えもない。しかし、受付の女性の『済々会グループの円城寺様がお見えです』という言葉にぎょっとした。

和馬ではない。

済々会は、和馬の実家の総合病院の名前だ。

仕事を抜け、急遽取った来客スペースに向かうと、和馬の父親は簡素な椅子に座って待っていた。取引先の担当者らと打ち合わせする簡易スペースしか空きがなかったのだが、案の定不機嫌そうな顔をしている。私を見るなり「まともな応接室もないのか」と文句を言った。

「お父さま、突然どういったご用件でしょう」

「きみにお父さんと呼ばれる理由はない」

「円城寺さん……」

私は向かいの席に座った。気圧されたくはなかったので、まっすぐ前を見る。

「今日はきみに話をしに来た。武藤月子さん、いい加減和馬をそそのかすのはやめてもらおうか」

私はぐっと詰まった。周囲のテーブルとはパーティションで区切られているとはいえ、会社でこういったプライベートな話をされたくない。さらには、和馬とのことをお父さんが直接意見しに来るとは思わなかった。

「先日もやっとこぎつけた見合いの席で、あいつがなにを言ったと思う。結婚をする気がないと。見合いの場で親に恥をかかせるとは。きみの指示だろう」

「指示なんてしていません」

私は憤りを抑え込んで答えた。和馬の父親は、私の返事など聞いてもいない様子でふうと息をつく。

「きみの素性は調べた。中学生の時にご両親が事故死。叔母に育てられ、今も同居している、と」

「……そうです」

探偵を雇って調べるくらいのことはされるだろうとは思っていた。私にはなんの後ろ暗いところもない。好きに調べてもらって構わない。

「一般家庭の生まれの上に、ご両親が亡くなる直前くらいはきみも少々荒れていたようじゃないか」

「思春期だったので、両親に反発する時期でした。誰でもあることです」

家出をしたり、暴力があったわけではないけれど、思春期の頃は両親とあまりしっくりいかず、怒鳴り合うような喧嘩もしょっちゅうだった。

そのまま両親を事故で亡くしてしまったため、私の心には深い後悔がある。

「しつけも済まないうちに、親がいなくなったのは不憫だったね。しかし、そんな女性にうちの和馬が騙されたのは残念だ」

しつけが済む……犬や猫でもあるまいし、なんて言い草だろう。

「騙すというのはどういうことでしょうか」

「今までも和馬は私の勧める縁談をすべて断ってきた。今回の縁談こそは絶対にまとめたいというのに、きみ以外と結婚する気はないと言って聞かない。いったい、どんな調子のいいことを言って誑《たら》し込んだのか」

「私と和馬さんは愛し合っています。未来を誓い合っています。他の女性が入る隙はありません」

「強い口調だね。叔母さんの教育かな。それとも、女性がこういう大きな職場で男顔負けに仕事するには、そういう強さが必要なのかね」

和馬のお父さんは馬鹿にしたような笑みを浮かべて言った。

「和馬には一歩下がって男を立てる良妻賢母な女を娶らせるつもりだ。きみのような男まさりは、うちの嫁にはいらないんだよ」

「和馬さんは、円城寺さんのものではありません。あなたが自由に未来を決めることはできません」

「きみのものでもないだろう」

「ええ。和馬さんの人生は和馬さんだけのものです。和馬さんが決めなければいけないんです」

男まさりと言われようが、言っておかなければならない。目の前の男性は、古い価値観に凝り固まっていて、自分が間違っているなどと思っていない。

間違っていると声をあげることは絶対に必要だ。

「和馬の結婚は、円城寺家の繁栄のため。和馬の意志は関係ないんだよ」

「そんなのおかしいです。個人あっての家ではないのですか？」

一歩も引かない私に、和馬のお父さんも攻撃の仕方を変える気になったようだ。眉を上げ、品定めするように私を見る。

「武藤月子さん、きみはキャリアウーマンだろう。仮に和馬と結婚したとして、仕事を捨てることなんてできるのかね」

それは私自身も考えていたことではあった。

「仕事を捨てることはしません。和馬さんと協力して生活していきます」

「わかっていないな。医者の妻というのは献身的に夫を支えるべきなんだよ。滅私奉公というほど尽くせなければ妻失格だな」

そういうことを強いたから、ご自分は奥様に離婚されたのでは？　口元まで出かかった反論をのみ込む。喧嘩をしたいのではない。

「和馬の縁談相手については聞いているかい。峯田物産グループの令嬢で二十二歳。済々会病院に大きな利益をもたらす花嫁でね。なにより若い。きみは和馬より年上だったね。仕事を優先し、年も上。円城寺家の跡継ぎを何人産んでくれるかもわからない」

それについてはぐうの音も出ない。実際、子どもを産めばキャリアは中断になる。そして、和馬が今の状況では育児はワンオペになるだろう。仕事と両立できないなら、子どもを望むのは現実的ではないと、私たちは選択するかもしれない。

「和馬がきみに洗脳されたまま、道を違えるなら、私も和馬の職場に圧力をかけなければならなくなるな」

「そんなこと……できるはずが……」

「できるんだよ。和馬の勤める病院の理事長は、私と懇意だ。息子の我儘《わがまま》にお灸を据えたいと頼めばすぐだろうね。……きみのような女性は、自分が傷つけられるより嫌だろう」

言葉が出なかった。言うことを聞かせるために、息子を失職させるつもりなの？ なんて卑劣なんだろう。和馬の職を盾に取り、私に別れを要求するなんて。

だけどこの人の言う通り、私の身になにか起こるより和馬の不利益の方がずっと嫌だ。私のせいで、和馬が身命を賭して従事している仕事を失うなんて絶対に避けたい。

「よく考えたまえ。無事に別れてくれたら相応の金額を現金で渡そう。苦労してきたきみに、慰謝料もやらないなんてけちくさいことは言わないさ」

「……馬鹿にしないでください。お金なんていりません」

和馬の仕事を盾に取られ、私が揺れているのを、この人はよくわかっている。憤りで胸が苦しい。

「いい返事を待っているよ」

そう言って、和馬のお父さんは立ち上がった。

ひとりスペースに残された私は、拳を握ってうつむいていた。


和馬にとって一番いい未来はなんだろう。ベストな未来だ。

医師の仕事を続けること、理解あるパートナーに恵まれ、愛し愛されること。

私が身を引けば、それらは叶うのではないだろうか。

縁談相手の若い令嬢と結ばれ、たくさんの子どもに恵まれる。良妻賢母の妻は、彼の生活を全面的にサポートするだろう。彼にとって居心地のいい環境を作るだろう。

そして、和馬はなんの確執もなく、いずれ父親の跡を継ぐ。

彼の父親の脅しとも取れる発言を明らかにすれば、和馬は怒るに違いない。そして、やれるものならやってみろと父親と対立する。結果、今の高度医療救命センターを辞めなければいけなくなるかもしれない。辞めたとして、医療に携わる以上、お父さんの圧力からは逃れられないのではないだろうか。

捨てるものが多すぎる。

そして、和馬がすべてを捨てて私を選んでくれたとして、私は彼が失った分を与えてあげられるのだろうか。

和馬のために仕事を辞め、子どもを産み、医師である彼を支えれば、慎ましくも幸せな生活が手に入るのだろうか。

私には自信がない。

結婚を考え始めてから、和馬とは険悪になる瞬間が増えた。彼の父親という存在は大きいけれど、一方で和馬への些細な不安や不信感が疲労のように私の身体に蓄積していた。

どうして言ってくれないの？

どうしてお父さんを説得しきれないの？

何不自由なく暮らしてきたあなたに、今の生活を捨てる覚悟があるの？

私を選ぶなんて言葉、軽々しくて聞いていられないよ。

そんな不満や不安がある一方で、それらすべてを凌駕するほどに和馬が好きだった。

一生に一度の大恋愛をしたと思っていた。大事すぎて、絶対に幸せになってほしいのだ。相手が私でなくてもいいと思いつめるほどに、私は和馬を愛していた。

……和馬との未来を、私は選べない。


「別れたい」

そう口にした私を、和馬は信じられないという顔で見つめた。場所は彼のマンション近くのカフェだった。寸暇を惜しんで会う場所のひとつだ。

「どうしてそういう心境になった?」

詰問口調ではない。ただ、和馬の焦燥と困惑が伝わってきた。

「最近、しっくりいっていないじゃない」

「将来について話し合えば、意見の食い違いは起こるだろう」

「意見の食い違い……。そうだね。お互いにイライラしたり、相手を不甲斐なく思ったり……嫌な感じになっちゃうのは自然かも。でも、私たちの争いのほとんどはあなたのお父さんの件でしょう」

私はわざと蓮《はす》っ葉《ぱ》な口調で言い、皮肉げに笑ってみせた。

「もう疲れちゃった。私も仕事が忙しいし、これ以上和馬とお父さんのごたごたに巻き込まれたくない」

「うちの父になにか言われたりしたのか？　俺の知らないところで」

図星を突かれ心臓が跳ねたが、表情に出さないよう、努めて平静に首を横に振った。

「違うわ」

「……月子にこれ以上嫌な思いはさせない。約束する」

「縁を切るって言うんでしょう。何度も言うけれど、そんなに簡単に親子の縁は切れないよ。向こうは干渉してくるし、その都度私は嫌な思いをする。そういうの重いんだ。……和馬への気持ちが冷めるくらいに」

嘘だ。気持ちが冷めるはずがない。

和馬が好きだから別れたいのだ。私では支えきれないから離れたい。彼の父親が認める女性と結婚した方が、和馬のためになる。

だけど、けっして本音は言えない。嫌な女になってもいい。嫌われて終わりがちょうどいい。

「もう、好きじゃない。別れたい」

「俺は月子が好きだ。別れたくない」

「子どもみたいなことを言わないで。片方の気持ちが離れたら、恋愛は終わりでしょう」

「子どもみたいだと言われても構わない。俺は納得できないよ。月子の気持ちが、そうも容易くなくなったというのが信じられない」

和馬の瞳が私を射貫く。視線から逃れるように私は首を左右に振った。

「うぬぼれないで」

「月子は俺を愛してくれていたはずだ」

「前はね。今はもう違う。別れたいの。……私のことがまだ好きなら、最後のお願いだと思って聞いて」

うつむく私を見つめ、和馬はしばらく黙っていた。コーヒーはとっくに冷めている。周囲の喧騒は遠く、私たちのテーブルだけ別の世界に飛ばされたみたいに感じられた。

随分時間が経ったようにも、一瞬だったようにも思える。

「……わかった」

ようやく和馬が口を開いた。重々しい口調だった。

「月子の気持ちに応える。……別れに了承する」

私は微かに頷く。口を開けば、涙が出てしまいそうだった。自分から別れを告げて泣いていてはおかしい。泣いてはダメだ。

「好きだったよ。月子」

和馬の瞳は切なげで、言葉には哀切が満ちていた。だからこそ、私は彼に今までありがとうのひと言も言えずにいる。

すべての言葉を撤回し、やっぱり別れたくないと泣きついてしまわないように。

「この先、結婚はしない。俺が結婚したかったのは月子だけだから」

「……気持ちはいずれ変わるよ。さよなら」

そう言って私は立ち上がった。冷めたコーヒーを下げ台に置き、和馬をひとり置きざりにしてカフェを出た。

夜の街の空気は以前より暖まり、春の気配を感じる。月末には桜が花開くだろう。

三月の街はどこか慌ただしく、そしてやってくる春に浮かれているように感じられた。

そんな通りを、ひたすらに歩いた。涙があふれ、止まらない。

「和馬……」

和馬を愛していた。これほど人を愛せるのかと思うほどに愛していた。

だけど、今日までだ。

私がいなくなれば、和馬には平和な未来が待っている。

どうか私を恨んで、いずれ忘れてほしい。

どうか、最良のパートナーと結ばれ幸せになってほしい。

涙で顔はぐしゃぐしゃで、息は切れ、それでも私は歩き続けた。立ち止まってはいけないと、誰かが背中を押すようだった。


和馬と別れて、二週間が経った。

私と琴絵さんが暮らすマンション前の桜もつぼみが膨らみ、開花間近だ。年度末の慌ただしい業務を終え、私は帰宅中だった。時刻はすでに二十二時。

ここ数日ずっと体調が悪く、業務効率が上がらない。身体がだるく熱っぽい感じで、胃がむかむかするのだ。風邪ではないだろう。

心当たりは感じていた。どんどんひどくなる症状に、疑問をそのままにしておいてはいけないのだと痛感する。

今日、私は帰り道に閉まる直前のドラッグストアであるものを買ってきていた。

「月子、おかえり〜」

リビングで漫画を読んでいた琴絵さんが顔を上げる。

「夕食食べた？　月子が食べられるかなーって、リゾット作ったんだけど」

「ありがとう。少し、いただくよ。ちょっとトイレに行ってくるね」

上着や鞄を自室に置き、トイレで買ったものの包装を開ける。スティック状の妊娠検査薬を使うのは初めてだった。

「あ……」

検査薬の小窓には見る間に陽性の印が表れた。数分待つ必要があると書いてあったのに、あっという間の反応に驚く。

陽性、つまり妊娠しているということだ。

和馬の子で間違いない。避妊はしていた。しかし、避妊だって百パーセントではない。

月のものが来なくなってからずっと可能性は考えていた。そして充分に悩んできた。

……答えはもう出ている。

トイレを出ると、琴絵さんがリゾットを温めておいてくれた。

「どのくらい食べられるかわからないから、自分でよそってね」

「琴絵さん」

私は歩み寄り、妊娠検査薬のスティックを見せた。琴絵さんもその意味が理解できたようだ。

「月子……、和馬くんの子でしょう」

私は頷いた。私たちにあったことは、概ね琴絵さんに話してある。

「和馬くんに相談しなさい」

「言えない。和馬に言えば、復縁を申し込まれるから」

「こうなったら復縁もやむなしじゃない。月子も嫌いで別れたわけじゃないでしょう」

「だけど、子どもができたくらいであのお父さんが私と和馬の仲を許すとは思えない。むしろ、この子だけ奪おうと画策するかもしれない」

私はまだなんの実感もないお腹を撫でる。

あの父親ならあり得る話だ。和馬が縁談を受け入れなかった時の保険に、この子を養育し、跡継ぎに育てたいと望んでもおかしくはない。

「和馬の不利益になりたくなくて別れたんだ。彼のお父さんの力で、和馬が医師として活動できなくなるのは嫌。私が黙っていれば、和馬はきっとお父さんの勧める縁談に頷く」

「じゃあ、月子のお腹にいる子はどうするの？　堕ろすの？」

「……できない」

愛する和馬の子だ。いや、お腹に命が宿ったと知った今この瞬間から、私はこの子の母親だ。産まないという選択はできない。

「ひとりで……産んで育てたい」

「仕事は？」

「産休と育休を取る。私の収入ならシングルマザーとしてもやっていける」

「甘い！」

琴絵さんの厳しい声に、びくんと肩が震えた。

「子どもがいると、どうやったって同じようには働けないよ。仕事はセーブしなければならなくなるし、子どもが熱を出せば会社は休みや早退することになる。同じペースでキャリアアップはできなくなるかもしれない。その覚悟はあるの？」

仕事を捨てきれるかわからないと、和馬と別れた時に思った。しかし、今はそうしなければいけない状況にある。

ああ、私はすべてにおいて甘かったのだ。こうして抜き差しならない状況になって、初めて覚悟が決まるなんて。

「この子のために生きる。私が、私がって、自分にばかりこだわってた。だけど、これからはこの子のために生きる」

そう言った私の目からは止め処なく涙が流れていた。

「この子が大事なの。和馬と同じくらい。和馬は私が離れることで守った。この子はずっと隣で私が守って育てたい」

琴絵さんが頷き、それから笑顔を見せた。

「よし、月子、引っ越そう」

「琴絵さん？」

「あんたのお腹の子、一緒に育てよう。環境がよくて、待機児童が少ない街に一軒家を借りてさ。ふたりでこの子を大人にしよう」

私は泣きながら首を左右に振った。

「そこまで琴絵さんを付き合わせられないよ。琴絵さんは浅岡さんと幸せになって」

「私と彼は大丈夫。お互い、別々の時間が必要だから同居していないだけで、一生のパートナーだと思ってるから。私がかわいい姪っ子の子どもを一緒に育てるって聞いたら、きっと彼は理解してくれる。むしろ、『おじいさん役をやりたい』ってしゃしゃり出てくるかもよ」

顔を覆って泣く私の背を琴絵さんが撫でてくれる。ずっと一緒にいてくれた私の叔母は、どこまでも優しく頼りになる。

「ありがとう、琴絵さん」

「ほら、泣いてばっかりじゃ元気出ないぞ。リゾット、食べられるだけ食べなさい」

優しい手にいっそう泣けてきて、いつまでも涙は止まらなかった。

3 愛娘

琴絵さんとふたりで引っ越したのは東京二十三区のはずれ。駅周辺以外にのどかな風景が残る地域に、古い戸建てを借りた。

私も琴絵さんも職場への直線距離は遠くなったものの、乗り換えが少なくなったので通勤時間はさほど変わらなかった。

隣の駅には琴絵さんの恋人の浅岡さんの家があり、力仕事や車を出したい時には、在宅ワーカーの彼が手伝ってくれた。何度か会ったことのある浅岡さんは、引っ越してからは家族のように関わってくれてありがたい。

妊娠期間は順調に過ぎていき、安定期に入るタイミングで上長と同僚に伝えた。シングルマザーになることに対し、私に近しい人たちは皆理解を示してくれた。

噂は自然と流れるもので、『既婚者との子を身ごもった』とか『遊んでいたから父親がわからないのではないか』など根も葉もない不名誉な陰口も叩かれた。私を知ろうとしない人間に、なにを言われても構わない。私と和馬にあったこと、私がどうしてもこの子を産みたいと思った気持ちは、誰に理解されなくてもいいのだ。

和馬とは一切の連絡を絶った。

スマホを変え、電話番号やメールアドレスを変えた。メッセージアプリは社内で使っているものだけにし、和馬と連絡を取り合っていた種類のアプリはインストールしなかった。

引っ越しもしたので、会社前で待ち伏せでもしない限り、和馬は私の足取りを追うことはできないだろう。

そう考えて、自意識過剰だなと自嘲してしまう。

和馬は別れに了承したのだ。納得していなくても、応じてくれたのだ。

未練たらしく私を追ったりしない。

……いまだに私を想っていてほしいだなんて、勝手すぎる。

おそらく和馬は父親の勧める相手と再び会うだろう。そして考えるはずだ。円城寺家のために選ぶ道について。

和馬は父親を捨てて私を選ぶと言っていたけれど、けっして責任感がない人じゃない。

（幸せになってほしい）

道を分かったとしても、愛した人だ。お腹の子の父親だ。もう会うこともないだろうけれど、遠くで幸せになってほしい。

夏が過ぎ秋が来て、私は三十歳になった。その翌月の十一月、私は小さな女の子を出産した。

予定日より少し早く、長時間の陣痛の末に生まれてきた娘。

真っ赤な顔で元気に泣く姿に私は涙し、琴絵さんと抱き合って喜びを分かち合った。

真優紀《まゆき》と名付けたのは、優しい子に育ってほしいと願ったから。苦労をかけるかもしれないけれど、どうか優しい気持ちだけは忘れずに大きくなってほしい。

生まれた瞬間から、私のすべてはこの子のためにあると感じられた。

私がちょっとでも失敗したら、このか弱い命は消えてしまうのではと考えると恐ろしい。それと同時に、愛おしくてたまらなかった。この子のためならなんでもできる。

これが母性というものなのだろうか。

真優紀は私に似ていた。琴絵さんも同じ血を感じるのか、「月子に似てるし、私とも鼻のあたりが似てない？」と嬉しそうだった。

一方で、明らかに和馬の血を感じるところもあった。たとえば爪の形だ。私の爪は小さいけれど、真優紀の爪はまだ赤ん坊なのに縦長で、父親の遺伝なのだと感じさせた。

大きくなって顔が変われば、和馬に似ている部分は増えてくるのではないだろうか。

真優紀が和馬と会うことはない。

私から父親の名を告げることもない。それだけは申し訳なく思う。

私の我儘とエゴで生まれた子だ。せめて、精一杯愛して幸せに育ててあげたい。

「あー」

小さな声をあげる真優紀を見下ろし、まだ薄い髪を撫で、私は幸せを感じていた。

愛した人を自ら遠ざけた罪悪感と喪失感を抱えたこの数カ月。もう一生、この寂しさは埋まらないのだろうと覚悟していた。

あの痛みは消えていない。だけど、真優紀の存在が私を癒してくれる。痛みも喪失感も抱えて生きていこうと思える。前に進む気力をくれる。

母になるのは強くなることでもあるのかもしれない。

真優紀の存在を糧に私はこれからも生きていくのだ。

真優紀はすくすくと成長し、小さな風邪以外に私の心配事はなかった。お宮参りやお食い初めなど家族の行事は琴絵さん、浅岡さんと行った。

真優紀が生後半年で職場復帰を決めたのは、運よく保育園に空きが出たからだった。私立園で少し保育料は高いが、設備や雰囲気が気に入って空き待ちをしていた園だ。

「一歳になるまでは育休を取ったらどう?」

琴絵さんはそう勧めてくれたけれど、収入の問題もある。貯金を切り崩していくのも限度があるし、現在生活費の多くを担ってくれている琴絵さんに、これ以上負担をかけたくない。

満一歳を超えた年は希望者が多く、保育園に入りづらいと聞く。ゼロ歳児のこの時期に空きが出たのはラッキーだったのだ。

それに日々かわいらしさを更新していく真優紀といると、私自身がどんどん離れがたく感じてしまう。真優紀のためにも、自分自身のためにも職場復帰は必要だ。

「いい機会だから、職場に戻るよ。三歳までは時短勤務でいけるから」

真優紀の柔らかな頬にキスをして、私は微笑んだ。ふくふくと肉づきがよくなってきた真優紀は、ずっしりと重く、すこやかな成長に喜びを感じる。

保育園入園は、真優紀にも私にもちょっとした試練だった。毎朝涙の別れをし、夕方私が急いで迎えに行く。

半月もすると、真優紀はすっかり保育園に慣れ、にこにこ笑顔でお見送りをしてくれるようになった。子どもの順応性はとても高いのだと知った。

もちろん、最初のうちは発熱や嘔吐でしょっちゅうお迎え要請が来た。保育園の洗礼らしく、お友達からうつってしまうようだ。復帰を早めたこともあり、職場は理解があった。それでも仕事を途中で抜けるのは申し訳なく、頭を下げつつ保育園に向かって走る日々。

どうしても行けない時は、琴絵さんが代わりに迎えに行ってくれた。子育ての相棒がいるのは本当に頼もしくありがたいことだ。私がワンオペのシングルマザーにならなかったのは琴絵さんの存在あってのこと。感謝してもし足りない。

「月子先輩、あっという間に復帰しちゃったんですから、無理せずにお仕事してくださいね」

桜田さんを始め、同僚や私のチームのメンバーも気遣ってくれ、適宜仕事を肩代わりしてくれた。先輩男性社員からは「娘のお下がりなんだけど」とかわいいロンパースなどももらった。

私は恵まれている。

ひとりで子育てをしていない実感があり、孤立していないと思える。

こういう環境でいられるシングルマザーはそういないだろう。周囲の人たちに感謝し、いずれこの恩をお返しできるように頑張ろう。

「真優紀、見て。大きい木だね。蝉さんが鳴いてるね」

「だー、ぶぶう」

真夏の都内の公園、休日の午前中に私は真優紀と散歩に来ていた。ベビーカーには保冷剤を入れたし、何度も休憩して着替えさせているけれど、私も真優紀も汗だくだ。

「暑いねえ。休憩しちゃおうか」

「あーだだだあ」

真優紀はベビーカーから降りたがる。草地に下ろすと、満面の笑みでハイハイを始めた。感触がおもしろいのだろう。着替えを持ってきたからいいけれど、真優紀は草と土埃まみれだ。

「真優紀、ほらお茶を飲みに行こう」

手を差し出すとその手を頼って立ち上がろうとする。最近つかまり立ちを覚えたばかりなのだ。そのまま抱き上げたら、不満そうな声をあげた。

草を払い、公園内のコーヒーショップを目指した。中は冷房が効いている。カフェオレを一杯注文し席に腰かけ、ベビーカーに座らせた真優紀にマグで麦茶を飲ませた。

こっくこっくと喉を鳴らして上手に飲む真優紀。

「午後は雨が降るらしいから、そろそろ帰ろうか」

窓から公園を眺め、私は呟く。この公園は、大学時代に夜の撮影に来た場所だ。和馬と並んで撮影したあの日が昨日のことのように思い出される。あの頃の私たちはまだ先輩後輩で、互いに好意があったのに言い出せないでいた。

(付き合っている時、一度も撮影に出かけなかったな)

お互いに写真撮影が趣味だったのに、一緒に出かけなかったのは悔やまれた。私は社会人になってから、なかなか撮影に時間を割く気持ちになれず、遠ざかっていた。和馬もそうだったかもしれない。恋が叶ったことに夢中で、お互いしか見ていなかった。

もっと、色々なものを見ればよかった。一緒に体験すればよかった。手を繋いで、遠くまで出かければよかった。

私たちの恋の思い出のほとんどは夜の街にしかないのだ。

(真優紀、今日はね、ママとあなたのパパが付き合い始めた日なの)

約七カ月の短い交際期間だった。だけど、私は一生分の恋をした。私のすべてを使って彼を愛したつもりだ。

（誰にも言わない記念日、一緒に思い出の場所に来てくれてありがとう）

心の中で娘にお礼を言う。ビルの向こうに、大きな積乱雲が見えた。青空を侵す白い雲を眺め、私は立ち上がった。

「真優紀、着替えたらお買い物して帰ろう。デパ地下で琴絵おばちゃんの好きなヒレカツとラザニア買っちゃおう」

「ぶーううう」

真優紀は声をあげ、腕を上げた勢いでマグが床を転がっていった。

十月、私の三十一歳のバースデーがやってきた。

来月は真優紀の一歳のバースデー。琴絵さんと浅岡さんの四人でお祝いする約束をしている。一歳から食べられるケーキを準備し、真優紀の好きなさつまいもやにんじんでごはんプレートを作るのだ。久しぶりに一眼レフを出して、真優紀の写真をたくさん撮ってもいい。自分の誕生日より娘の誕生日が待ち遠しい。

「月子先輩～」

昼食時、デスクでお弁当を広げていると、隣のデスクの桜田さんが話しかけてきた。

「昨日、私、通院で有休もらったじゃないですか～」

「うん、大丈夫だった？」

桜田さんは一年半前の盲腸手術の時に、良性の卵巣嚢腫が見つかり経過観察中だと言っていた。数カ月に一度、婦人科にかかっている。

「それで、久しぶりに再会しちゃったんですよ。イケメン医師と」

「イケメン？」

桜田さんはふふっと笑う。

「私が救急車で運ばれた時、受け入れ担当だったイケメン救命医！　月子先輩知ってるでしょ～？」

私は凍りつき、反応に困った。彼女が言っているのは和馬のことだ。彼女が手術をした野木坂総合病院は和馬の勤務先。同じ病院内の婦人科にかかっているのだろう。

困惑する私には気付かず、桜田さんはなおも言う。

「血液検査があって、病院内をうろついてたら偶然会って。その節はお世話になりましたーって、挨拶したんですよぉ。そしたら、ええと円城寺先生？　あのお医者さんと月子先輩って顔見知りだったんですね！　言ってくれたらよかったのに～」

驚きを隠すので精一杯だった。和馬は桜田さんに接触していた。しかも、私のことを話したというのだろうか。

「円城寺先生は……なんて？」

「大学の後輩だったって言ってました。あの時はろくに挨拶もできなかったけれど、月子先輩が元気にしているかと聞かれましたよ。元気いっぱい、相変わらず頼りになる先輩です！って言っておきました」

「そう……」

「月子先輩がご出産されたことも知ってたので、娘ちゃんかわいいですよ。写真見せてもらってますって言っちゃいました」

その言葉にさらに私は凍りついた。

どういうことなの？　和馬が私の出産を知っているなんて。

大学時代の仲間とは誰ひとり連絡を取っていない。

私が出産したのを知っているのは身内と、会社関係者だけである。

「月子先輩？」

桜田さんが顔を覗き込んできて、私はハッとした。彼女はなにも悪くない。動揺を押し隠して、笑顔を作った。

「あはは、私が無精して大学の仲間に連絡を怠っていたから、心配かけちゃったかな。改めて、仲間に連絡しておくよ。桜田さん、連絡役をしてくれてありがとう」

「いえいえ〜。それにしても円城寺先生ってイケメンですよね〜。学生時代からモテたんじゃないですか？」

「そうね。そうみたい。私からすると後輩だから、よくわからないけれど」

言葉をにごすと、桜田さんは「相変わらず異性に興味がないんだから」とあきれた様子で言い、次の瞬間には別の話題に移っていた。

「誕生日にとんでもないサプライズになっちゃった」

時短勤務で十六時に会社を出た私はエントランスを抜け、駅へ向かっていた。

昼に桜田さんから聞いた話で、頭はずっと混乱と焦燥をきわめていた。

（和馬は私が出産したことを知っている）

どうしてわかったのだろう。連絡を絶ち、和馬の家からは離れた地域に引っ越した。会社は変わっていないけれど、和馬と偶然会う確率は低い。真優紀連れで会う可能性はほぼないはず。

「月子」

その声は正面から聞こえた。顔を上げ、歩道の人波の中に懐かしい姿を見つけて、息をのむ。

なんとも言えない感情が湧き上がってきた。

和馬が、まっすぐに私を見つめていた。

「どうしたの、こんなところで」

そう答える声が震えないように意識した。動揺したところを見せてはいけない。

「誕生日おめでとう。急に会いに来てすまない」

その声は抑揚がなく、どこか冷たくも響いた。

「別れた女の誕生日を祝いに来ないでしょう」

横を通り過ぎようとすると、手首を掴まれた。

「少し話せないか？」

「悪いけれど、急いでいるの」

「保育園に娘のお迎えがある？」

やはり本題はそれだ。私は手を振り払い、キッと和馬を見据えた。

「話すことはないよ」

「俺にはある。近いうちに、時間を作ってほしい」

「時間を作るつもりもない」

「きみの娘について話がしたい。俺の子である可能性がある以上、放ってはおけない」

和馬は真優紀を自分の娘だと疑って、わざわざ私に会いに来た。桜田さんの口から私に話がいくことも見越していただろう。

しかし、人通りの多い道でプライベートな話は避けたい。会社近くでは関係者が通りかかるかもしれないのだ。

「あなたの子じゃない。本当に急いでいるから」

私は小声で短く言い、逃げるように地下鉄の階段を下りていった。和馬は追いかけてこなかった。

不安と焦燥で頭の中がぐるぐる回っていた。

どうしよう。和馬が真優紀の存在を知ってしまった。どうして知られてしまったかはもういい。大事なことは、真優紀を自分の娘だと疑っている点だ。

和馬は疑問をそのままにしてはおかないだろう。必ず真実を明らかにする。その時、和馬は行動を起こすだろうか。

（どうしたらいいの……？）

やってきた電車に飛び乗り、ドアの近くに立って唇をかみしめた。嫌な汗をかいていた。

真優紀を迎えに行き、帰宅した後も、不安で胸が重かった。琴絵さんが帰ってきて、すぐに相談をした。今日の桜田さんの話から始まり、帰り道に和馬が会いに来たことを。

琴絵さんはしばし険しい顔をして考え込んでいた。

「月子はどうした方がいいと思う？」

尋ねられ、私は腕の中の真優紀をあやしながら答える。

「和馬とは関わりたくない。別れてから一年半、きっと彼はもう結婚していると思う。真優紀の存在は邪魔にしかならないし、もし外聞が悪いから円城寺家に引き取るなんて言い出されたらたまらないよ」

「……月子の記憶の中の和馬くんはそういう人？」

私の記憶の中の和馬は優しいままだ。私を深く愛してくれた善良な和馬。

しかし、今日会った和馬は冷たい目をしていた。私が子どもを産んでいたことに対する不信が彼の態度を硬化させているのかもしれない。結婚しているとしたら、夫婦不和の原因にもなりかねない。

「一年半も会っていない。人は変わるよ。今の和馬がなにを考えているか、私にはわからない」

「月子、一度和馬くんに会ってきたらどうかな」

琴絵さんは真剣な表情で言った。

「月子は和馬くんの人生の邪魔になりたくなくて、身を引いた。だけど、お腹の赤ちゃんを堕胎もできず、ひっそりと育てることを選んだ。その経緯と気持ちを正直に話してくるの」

「でも……」

「和馬くんの今の状況は置いておいて、彼の気持ちは慮《おもんぱか》れない？　別れた大好きだった女性が、自分の子どもかもしれない命を産んで育てているんだよ。放っておけないって考えた和馬くんは誠実だと思うけどな」

私は黙ってうつむいた。真優紀が私の顔に手をのばしてくる。顎に爪を立てられ、指をはずすと次は唇を引っ張られた。「真優紀」とたしなめる声を出すと、真優紀はきゃっきゃと笑い声をあげる。

「月子のためでもあるけど、一番は真優紀のため。ごまかさずに、月子がどうしたいか話してきなさい。お互い禍根を残さないように」

「……そうだね。琴絵さんの言う通り」

円城寺家には和馬のお父さんがいる。真優紀の存在が知られたら、どうなるかわからない。その前に和馬としっかり話し、関わらずに生きていこうという約束を取りつけておきたい。

「和馬に会ってくる」

「連絡先、消してしまってるんでしょう。どうするの？」

「……病院を訪ねるよ」

真優紀のぽわぽわと薄い髪を撫で、指に絡め、私は頷いた。

真優紀を産んだのは私の我儘だ。和馬には知られずに生きていければ平穏だと思っていた。

私は結果として和馬の人生をかき乱しているのかもしれない。

「はっきりと決別してくる」

二日後の正午、私は病院を訪ねた。先日和馬が会いに来たのは夕方だった。あの頃と勤務体制が変わっていなければ、おそらく今日は出勤日だ。昼時なら、休憩に入るタイミングで会いやすいだろうと考えたのだ。

私は有給休暇を取っている。時間に余裕があるから、和馬の都合に合わせられる。

受付ではなく、事務室で和馬の名を告げた。元患者の身内で、名前を伝えてもらえればわかると説明すると、事務室の職員はいぶかしげな顔をしたものの、和馬に繋いでくれた。

十分ほど待つと、和馬が現れた。込み入った話を想定してか、白衣から着替えてシャツとスラックス姿だ。

「月子、会いに来てくれてありがとう」

「……話をしに来たの。手短に済ませるから」

「どちらにしろ、ここは人も通る。病院から離れよう」

和馬の立場もあるので、提案に従う。病院は都心部に位置し、昼時のオフィス街は昼食を求めて外に出てきた会社員であふれていた。

「覚えてるかな。静かな店に行こう」

そう言って和馬が向かったのは、病院から二本先の路地にある古い喫茶店だった。昔、和馬の仕事が終わるのを、ここで待っていたことが何度かある。

「コーヒーが美味しい店」

「ハムサンドもね。昼、まだだろう。軽食も頼もう」

「和馬は頼んで。私はいい」

目を伏せ、注文が終わるのを待った。顔を上げると、和馬と目が合う。久しぶりに絡んだ視線に、はからずも胸が高鳴った。

もう、忘れたはずの想いなのに。

「娘のことを話しに来た」

「ああ」

「和馬の子ではないと私が主張したらどうする？」

「悪いが、DNA鑑定をさせてもらう。妊娠出産の時期は、調べたし知っている。交際期間を考えれば、俺の子である可能性が高い」

和馬が疑問を疑問のままにしておかないことは想定していた。私は悪あがきをやめることにして、まっすぐに彼を見つめ直した。

「その必要はないわ。あなたの子よ」

和馬が息をのむのがわかった。確定の言葉が、私からもたらされるとは思わなかったのかもしれない。

「あなたと別れて半月ほどで妊娠に気付いた」

「どうして言ってくれなかったんだ」

「和馬との恋愛は終わっていたから。だけど、お腹の命は守りたかった」

和馬への愛情があるからこそ、お腹の子を産みたいと願った。しかし、そんな本心は言えない。

事務的に冷静に、私は話を続ける。

「あなたのお父さんに、娘を奪われるんじゃないかと思って隠した。知らないなら、これからも隠し続けたい。和馬と会うのも今日限りにしたい」

和馬が険しい顔をし、自嘲気味に呟いた。

「俺の子なのに、俺はきみと娘の人生に関われないのか」

「ここからはお願いです。どうか、そっとしておいて。あなたにはあなたの人生がある。それを私と娘は邪魔したくない」

頭を下げた私に和馬の言葉が降ってきた。

「それはできない」

思わず顔を上げた。過去、別れすらのみ込んでくれた和馬。私はどこかで彼は同じように理解を示してくれると考えていた。

今、私を射貫く和馬の瞳には冷たい光ではなく、燃える情熱が見えた。

「きみと娘を、俺の手で守っていきたい」

「和馬……それは……」

「真優紀、というんだろう。遠くからでも明るい笑い声が聞こえたよ」

狼狽する私をよそに、冷静だった和馬の声にはどんどん感情が戻り始めていた。

「きみと別れてから、もう誰とも恋をしないと心に誓って生きてきた。きみに会いたくても、連絡してはいけないと自制してきた。この夏、遠目できみと赤ん坊を見た。大学時代に撮影をした公園で。俺たちが付き合い始めたあの日に」

泣きそうな気持ちになるのをぐっとこらえた。

ああ、あの日を特別に思っていたのは私だけではなかったのだ。和馬の心はまだ燃えている。

「調査会社を経由してきみを調べ始めた。別れた男がしていいことじゃないと思いつつ、もしあのかわいい赤ん坊が俺の子だったらと思うといても立ってもいられなかった」

和馬の手がテーブルの上で震える私の手に重ねられる。

喜びとも不安とも後悔ともつかない混乱する頭を叱咤し、私は首を左右に振り、手を引っ込めた。

「和馬との恋は終わったんだよ。もうどうにもならない」

「そんなことはないだろう。俺はきみと真優紀と三人で暮らしたいと思っている」

「縁談はどうなったの？　あなたには円城寺家を継ぐ使命があるでしょう」

「きみと別れた時、誰とも結婚しないと俺は誓ったよ。きみ以外の女性なんて欲しくない。縁談は改めて断ったし、父とも今は距離を置いている」

和馬はダークブラウンの瞳に情熱を宿らせ、鋭い視線で私をからめとり離してくれない。

「月子、やり直してほしい。俺を真優紀の父親にしてくれないか」

あの時、どれほどの気持ちで別れたのか。和馬の仕事を盾に取られ、和馬の未来の責任が取れるのかと思い悩んだ。すれ違いが背中を押した。結果、温かな手を自分から離した。

「無理よ。時間が経ちすぎてる」

私は力なく首を横に振った。拒絶しなければならないと強く思った。今なら、和馬はまだ人生の軌道修正ができるはずだ。彼が本来歩むべき道に戻ってほしい。

「一緒にいれば同じことの繰り返しになる。私は多忙なあなたを支えられないし、お父さんに真優紀の存在を明かしたくない」

「父にはけっして関与させない」

「口ではなんとでも言えるわ。私はもう関わりたくないの。どうか、私と娘のことは忘れて」

敢えて厳しく響くように言い放った。揺れてしまう自分の気持ちを断ち切りたかった。

「……月子の気持ちはそうなんだな」

和馬が言った。落胆や悲しみではなく、思いつめたような真剣な表情をしている。

「月子を不安にさせ続けたのは俺だ。父との件では、さぞ頼りなく感じただろう。別れを告げられても仕方なかった。だけど、俺の気持ちはいまだ変わっていない。きみと子どもを放っておくことはできないんだ。もう一度、月子に愛してもらえるように努力をする」

「やめて、そんなこと」

「大学時代からずっときみが好きだった。きみの気持ちを尊重して別れたけれど、やっぱりきみを失いたくない。子どもがいるなら余計に」

「あなたは関係ない。私と真優紀はふたりでやっていけるの。父親はいらない」

強い口調になってしまい、いっそう狼狽した。和馬への気持ちがいまだ心の片隅にあるからこそ、拒絶しようと過剰な態度を取ってしまう。こんな調子ではいけない。冷静に、感情的にならず別れを告げるのだ。

「月子、チャンスが欲しい。きみの気持ちを取り戻し、真優紀の父親になるチャンスをくれないか」

和馬はそう言って深く頭を下げた。

「頼む。あの時、遠目で見たあの女の子に会いたい。父親になりたいんだ」

「やめて、顔を上げて」

「せめて、一度会わせてくれないか。実の娘なのに、抱き上げることもできずに離れるのは苦しい」

和馬はいつまで経っても頭を上げず、私は困り果てた。

「無理よ」

「頼む」

席を立ってしまおうか。和馬と完全に離別するなら、この機会にはっきりと拒絶すべきなのだ。

しかし、娘に会いたいと願う父親を放置するのはあまりに心苦しかった。

(和馬は、夏に私と真優紀を見てからずっと心の中で愛着を育て続けてきたのかもしれない)

自分の娘だと疑い、調査を進めていくうちに、娘に直接会う日を夢見るようになっていったのだとしたら。

「一度で、いいの？」

和馬の強い気持ちに負け、私はぼそりと尋ねた。和馬がようやく顔を上げ、頷いた。

「できたら、何度だって会いたいよ。だけど、きみが嫌なら一度だけだっていい。真優紀に会いたい」

「……わかった。今度、真優紀に会わせます」

優しく思いやりある人だと知っている。彼の気持ちは本物で、これほど真優紀に会いたがっている和馬を無下にできない。

「復縁は考えられない。だけど、一度だけ真優紀に会わせます」

断言すると、和馬は感極まったように目を細めた。

「ありがとう、月子」

再び頭を下げた和馬を見つめ、私は困惑し、答えがわからなくなっていた。

4 初対面

「それで、月子は和馬くんと真優紀を会わせるの」

その晩、真優紀を寝かせた後、リビングには琴絵さんと恋人の浅岡さんがいる。昼間の再会の件を報告したところだ。

「よりを戻す気はないよ。でも、真優紀に会いたがってるのを無視できなかった」

どこか言い訳めいた口調になってしまうのは、情が捨てきれなかった後ろめたさがあるからだ。

「そりゃあ、会った方がいいと背中を押したのは私だけど」

琴絵さんは複雑そうな表情で前髪をかき上げた。

「禍根を残さないため。……それは月子と真優紀が今後ふたりで生きていくためにって意味だった」

「琴絵さんの言う意味、わかってるよ。自分でも繋がりを残すべきじゃなかったって後悔してる」

「嫌いで別れた人じゃないし、会えばほだされちゃうわよね。でも……」

「まあまあ、琴絵。月子ちゃんだって悩んで出した結論だろう」

浅岡さんが仲裁するように口を挟んできた。ひげ面で熊のような体躯の浅岡さんは我が家の食卓で背を丸め、一緒にお茶を飲んでいる。

私が和馬に会ってきたのを知り、心配してやってきてくれた。

「娘に会いたがっているところを見たら、誰だって揺れるよ。彼がまだ結婚していないなら、月子ちゃんや真優紀ちゃんと会うのも変な話じゃないだろう」

「でもね、創《そう》、そこも問題だと思うのよ」

琴絵さんが浅岡さんの名前を呼んで言う。

「和馬くんは月子とやり直したいと言ってるんでしょう。真優紀と三人で親子になりたいって」

私は頷いてから、琴絵さんと浅岡さんを見た。

「復縁はあり得ないって伝えてある」

「諦めるとは思えないけど」

「和馬くんにまだ気持ちがあるなら、決めるのは月子ちゃんじゃないかな」

浅岡さんが琴絵さんを宥め、私を見た。

「本当に復縁は考えられないのかい？　俺は、こうして家族に混ぜてもらえるのは嬉しいし、この家の男手を担えるのは光栄だよ。でも、真優紀ちゃんのお父さんが現れて、ふたりを幸せにしてくれるならそれはいいことなんじゃないかとも思うんだ」

「浅岡さん……、でも和馬と別れた理由は色々あったので。同じことを繰り返したくないし、今度は真優紀も巻き込む形になるのが怖いんです」

和馬と私がすれ違った理由は、お互いの多忙さや彼の父親の存在が大きい。だけど、和馬を幸せにできるかどうかわからないと不安になったのは私で、彼の父親に和馬の仕事を妨害すると脅され、強く出られなかったのも私なのだ。私以外の完璧な女性が和馬を幸せにしてくれるなら、それが一番いいと感じてしまった。

「真優紀を授かった時、ひとりで責任を持つと決めました。琴絵さんも浅岡さんも手伝ってくれて、職場も理解があって助かっています。だから、このままでいい。和馬とよりを戻して、波風を立てたくない。成長の過程で真優紀に嫌な思いをさせたくない」

それに、和馬が結婚していない以上、彼の父親は真優紀の存在を知れば放っておかないだろう。和馬もお兄さんも言うことを聞かないなら、真優紀を手元で育てて後継者にしようと考える可能性もあるのだ。考えすぎではないと思う。あの父親ならやりかねない。

「和馬に真優紀を会わせて、それで終わりにします」

「そうか。琴絵も俺も、月子ちゃんの意志を尊重できるようにするから」

浅岡さんは言い、琴絵さんは眉をひそめ黙っていた。琴絵さんは心配しているだけ。私や真優紀が傷つくようなことにならないようにと願っているだけ。

「ふたりには心配かけてごめんなさい」

「いいんだよ。気にしなくて」

ふたりの気持ちはありがたく、同時に申し訳ない気持ちになる。

寝室から真優紀の泣き声が聞こえ、私は立ち上がった。


和馬との約束は十日後の日曜日だった。彼が最初に私と真優紀を見かけたという都内の公園で待ち合わせた。十一月の公園は冷たい風が吹いていたものの、紅葉した木々を見る散歩客も多い。

私はジーンズにニット、ダッフルコート。真優紀は全身を覆うカバーオールを着せた。足が出るタイプで、外用のスニーカーを履かせている。冷たい風で、真優紀の頬はりんごのように赤くなっていた。

ベンチに腰かけた和馬を先に見つけたのは私で、そのままベビーカーを押して近付いた。かさかさと落ち葉が鳴り、だいぶ数の少なくなったとんぼが一匹、ついと横切っていった。

真優紀は意味の通じないおしゃべりをしていたが、私が男性の前で止まったので、おしゃべりをやめた。人見知りがあり、特に知らない男性が怖いのだ。毎日会う男性保育士や、ちょくちょく家にやってくる浅岡さんなどは慣れているので泣かないのだけれど。

和馬は私たちが近付いてくる途中で気付き、顔を上げて待っていた。

「お待たせ」

「月子、今日はありがとう」

私がベビーカーを止めると和馬は立ち上がり、真優紀の前にかがみ込んだ。顔をよく見たいと思ったのだろう。

しかし、それがよくなかった。知らない男性の接近に、真優紀はふるふると唇をふるわせ「ふえ、ふえ」と泣きそうな声。顔はくしゃくしゃに歪み、次の瞬間に大きな泣き声が響き渡った。

和馬は立ち上がって、真優紀から見えない位置へ移動した。仕事柄、小さな赤ん坊が患者ということもあるだろう。刺激しないように視界からはずれたのだ。

「人見知りがあって、男性が苦手なの」

私はシートベルトをはずして真優紀を抱き上げた。背をさすって、揺らす。

「そうか、そういう時期だよな」

呟いた和馬の顔には確かに落胆が見えた。申し訳ない気持ちが募る。せっかく会えたのに、顔もろくに見られないのでは和馬もやるせないだろう。

「時間が経てば慣れるから、もう少し待って」

ベンチに腰かけ、持ってきた赤ちゃん用のおせんべいと麦茶のマグを取り出した。私にがっしりしがみついて、和馬の方をちらちら見ては顔を隠す真優紀。その手を拭いておせんべいを持たせると「あうー」と声をあげた。好物の存在に気がまぎれたようだ。

「今月が誕生日だろう。一歳児としてはしっかりした骨格だし、健康そうだ。表情も豊かだね」

「おかげさまで元気で健康だよ。保育園であれこれ風邪をもらった時期もあったけど、最近はだいぶ丈夫になったと思う」

「そうか。免疫が高いんだろう。でも今は年中、色々なウイルスや細菌の風邪があるから気を付けて」

当たり障りのない会話は他人行儀で、違和感はなく、ちょうどいい距離なのだと思えた。私と彼は他人なのだ。恋人だったのは過去のことで、今ふたりの子どもをここに交えても、溝は埋まらない。

やがて、真優紀は少し慣れたようで、おせんべいを食べ終わると私の膝から下りたがった。膝とベンチに掴まって立つ。そのまま手をついて移動を始めた。よちよちとした伝い歩きを和馬が目を見張って見つめている。

「上手だね」

「ひとりで立つこともできるの。まだ一歩は出ないけれど」

私の言葉に応えるように、真優紀は両手を離してバランスを取った。しかしすぐにその場に座り込んでしまう。咄嗟に和馬が腕をのばしかけた。しかし、真優紀は慣れた様子でハイハイの姿勢に戻り、和馬も手を出せばまた泣かせてしまうと思ったのか引っ込めた。

真優紀が和馬を見上げる。最初のような過剰な反応はないが、まだ警戒しているのが見て取れる。

「真優紀ちゃん」

和馬は優しい声で話しかけた。きっと、小さな患者にはこうして話すのだろう。

「真優紀ちゃん、こんにちは」

「なーな、あー」

真優紀は声をあげ、地面をハイハイして私の脛《すね》にしがみついた。話しかけられるのは想定外だったようだ。安全な私のもとへ戻って、和馬をジッと見ている。

「本当はこの後、食事にでもと思ったんだけど、真優紀は俺が怖いみたいだし無理はさせられないな」

「……外食は、この子もあまり慣れていないからいいわ」

そう言いながら、せっかくの初対面で真優紀を抱き上げることもできなかった和馬が不憫に思えてならなかった。

いや、私の未練がそう思わせるのだ。きっちりと決別しないといけない。

「和馬、悪いけど帰ります。この子と私は、もうあなたの人生の外側の存在だから、どうか忘れてほしい」

「そんな風には思えない」

「あなたは父親だから一度だけ会わせた。だけど、今後はお互い関わらずにいきましょう」

和馬が私の手にそっと触れた。

「俺に、挽回するすべはない？」

「挽回もなにも、私たちは合意のもとに別れたでしょう。別の人生になっただけよ」

「月子が好きだ。今でもずっと」

その言葉にどきりとし、和馬の顔が見られない。揺れてしまう表情を見せるわけにはいかない。手を振り払い、真優紀を抱き上げて顔を隠した。

「あなたには相応しい人が他にいる。縁談だって、きっとお父さんは諦めていないよ」

記憶の中では、かなり立派なお家柄のお嬢さんとの縁談だった。和馬が拒否しても、あのお父さんが簡単に言うことを聞くとは思えない。

「確かに父はまだ画策しているようだが、俺は相手に直接断っているし、破談になったものと考えてる。おかしいだろ。片方に結婚の意志がないのに、縁談が進むはずがない」

「いい家柄の女性でしょう。ご実家の病院のため、あなたの幸せのために、その人と結婚した方がいいとは思えないの？」

和馬はふっと寂しげに笑った。

「月子以外誰とも幸せにはなれないって言っているのに、冷たいな」

「ええ、そう。私は冷たいんだ。過去の男性を振り返っているほど暇じゃない」

冷たい口調で目をそらして言う。真正面から、嘘をつけるほど器用じゃない。

「真優紀が俺の子でも、月子には過去の存在か。……そんな月子にまた会いたいなんて俺がおかしいのかな」

「真優紀にはあなたの記憶を残したくないの。もう会わない方がいいよ」

「俺に気持ちがないのはわかった。せめて真優紀が俺に慣れて笑顔が見えるくらいまでは……会えないか……？」

「あなた都合じゃない。勝手なことを言わないで」

そう言いながら、実の娘の怯えた顔しか知らないのでは和馬もかわいそうだと気持ちが揺れる。いや、私たちのことは忘れてと願っているのだから、唯一の思い出が真優紀の泣き顔だって問題はないはずで……。

私は迷って嘆息をした。私の選択を、琴絵さんはきっと心配するだろう。

「あなたのお父さんに真優紀と私の存在を知られたくないの。……それを配慮してくれるなら、あと何度かは……」

ダメだとわかっている。ただ、真優紀が本当に愛らしく笑うかわいい女の子であることを和馬に覚えていてほしい。その気持ちが言葉になっていた。

和馬が希望に表情を明るくする。

「本当に？　ありがとう、月子。父とは今はほとんど連絡を取り合っていないし、詮索されないようにするよ」

「真優紀が二歳になる前に、面会は終わりにしたい。それでいい？」

そう言って私は立ち上がった。振り向かずに、真優紀をベビーカーに座らせる。シートベルトを嫌がって声をあげる真優紀におもちゃを渡して、どうにか準備ができあがった。

「ありがとう。この一年間を大事にするよ」

和馬はそう言って笑っていたけれど、どうにも寂しそうに見えるのは私の気持ちが揺れ続けているからだろうか。


翌週、和馬は早速次に会う機会をセッティングして誘ってきた。

会わせると約束した手前、張り切って誘ってくる和馬を簡単に拒否できない。

キッズルーム付きの個室レストラン、遊具がたくさんある公園、屋内の体験型施設……。二週間と空けずに誘ってくるのだからまめな人だ。

遠方は車を出すと言ってくれるが、私はきっぱりと断り電車で向かった。真優紀は人見知りをするけれど、電車などでは抱っこ紐の中にいればいい子で過ごせる。

徐々に真優紀は、よく会う存在として和馬を認識するようになっていった。最初のような過剰反応はしなくなり、和馬が近くにいても警戒した様子を見せなくなってきた。もちろん、なにか不安になれば私のところにハイハイでダッシュしてくるけれど。

五度目の対面は水族館だった。冬休み期間の混み合った館内、ベビーカーは預けて、抱っこ紐で真優紀を運んだ。

「俺が抱っこできればよかったんだけれど、まだ真優紀には怖いよな」

「いつものことだから、気を遣わなくて大丈夫」

そう言って私は自分の言葉が冷たく響くのに嫌気がさした。和馬は変わらずにいてくれるのに、私はいつも和馬に冷たくして距離を取り続けている。それが正解だとしても、和馬の気持ちを思うと胸が痛む。

開けた水槽にはペンギンが群れをなしていた。

「ペンギン。ペンギンだよ」

私の腕の中の真優紀に話しかける和馬は、穏やかで楽しそうに見えた。休みを調整し、私と真優紀を連れ出すのは彼なりに幸福な時間なのだろうか。

(このまま時間を使わせすぎてはいけない)

和馬の気持ちに応えるつもりはないのだから、期待はさせてはいけないし、頻繁に会いすぎてもいけない。

(なにより、私の気持ちが揺れてしまう)

和馬を好きだった記憶は、離別、出産を挟んで封印してきた。それなのに、こうして家族のような距離でいれば心はあの頃を思い出す。

目の前でぱしゃんと音を立ててペンギンが一羽、水に飛び込んだ。それを見て真優紀が歓声をあげる。

「おおー、じゃぶんってしたね。泳ぐのも速いなあ」

透明なプールの壁を指さし、和馬が真優紀を見た。すると、真優紀がにかっと笑った。和馬に向けての笑顔だった。

「真優紀、今、笑った？　笑ったでしょう」

和馬が真優紀を覗き込み、びっくりしたような嬉しいような様子で話しかけ続ける。

真優紀はまたきゃはっと笑い声をあげた。

「月子……今、真優紀が……」

嬉しさと感動がないまぜになった顔を私に向ける和馬。その様子に、私もつられて感動しそうになる。こらえたら笑みをかみ殺したような妙な顔になってしまった。

「和馬がはしゃいでいて、子どもみたいに見えておもしろかったんじゃない？」

「そうか……そうか。ああ、やっと笑ってもらえた」

万感こもるその言葉に、胸が締めつけられた。彼はただひたすら、娘に笑顔を見せてほしくてこのふた月ほどの時間を捧げてきた。努力が実って、真優紀に受け入れられて、こんなに喜んでいる。

（愛してくれているんだ。私が産んだ娘を）

その純粋で強い気持ちを前に、私は自分の感情がひどく子どもっぽく思えた。勝手に意識して冷たい態度を取るのではなく、大人として接すればいいのに。私の恋が大人であろうとする心の邪魔をする。

「月子」

和馬が再び、私の名を呼んだ。

「笑顔が見られたのは嬉しい。だけど、その……欲深いことを言ってすまないんだが、抱き上げられるくらいまで真優紀には慣れてほしい。二歳までの約束は……」

「わかってる。二歳までという約束は守る。それまでには抱っこできるようになるよ」

継続して会ってもいいという返事に、和馬が安堵の息をついた。

「よかった。……ああ、真優紀はまだ笑ってるのか。かわいいな。なんてかわいいんだろう」

そう言って和馬は真優紀を覗き込む。真優紀は抱っこ紐から腕をのばし、水槽を指さしている。和馬になにか伝えたいようで「あーあー」と言っている。慣れた人にしかしない態度に、真優紀の心の融和を感じた。

「でも、あまり無理はしないで。忙しい仕事でしょう。頻繁に私と真優紀を誘わなくていいから」

「俺がふたりに会いたくて誘ってるんだよ」

真優紀を見る和馬の目はとろけそうに優しく、愛情があふれていた。

和馬の思い出に真優紀の笑顔をと思ったのは事実だけれど、こうして仲が深まれば、次はふたりを引き離すことに罪悪感を覚えるだろう。

アシカの水槽に移動する。ちょうど飼育員が整備に入っていて、アシカは楽しそうに足元の床をつるつると滑っていた。真優紀がまた「あー」と指さし確認をし、私も和馬も思わず笑った。

「月子、好きだよ」

次の瞬間、和馬はさらっと言った。水槽に向かい合った格好でこちらを見ずに。私もアシカを見ながら返事をする。

「応えられない」

「……わかってる。だけど、こうして束の間家族みたいに過ごしていると錯覚しそうになる。あの頃、実は俺たちは別れずに結婚できていて、離れ離れになった現実の方が偽物みたいだなって」

「夢みたいなことを言わないで。そんなロマンティストだったっけ」

そう笑ってみせて、思い出した。ああ、この人は告白にバラを用意する人なんだった。

「そうだな。変なことを言ってごめん。だけど、俺は今、すごく嬉しくて幸せだよ。その気持ちを伝えたかった」

和馬の言葉には情熱があった。一方で、寂しさもあった。

彼をかき乱しているのは私なのだ。

このままではいけない。その気持ちだけがある。

琴絵さんは和馬と会う私を見守っているけれど、内心は心配しているだろう。私自身、不安がずっと晴れない。

娘に会いたがっている和馬に罪悪感で会い続けても、いずれ別離するならいたずらに傷つけるだけなのではないだろうか。

地方に引っ越そうか。仕事を辞め、真優紀とふたりで和馬とは簡単に会えない場所に行く。そうすれば、今後の彼の人生を邪魔することはない。

真優紀を優先すると、授かった時に決めている。仕事は大事だけれど、真優紀と和馬のために選択することも必要ではないだろうか。

(そうすれば、この気持ちも忘れてしまえる)

和馬と過ごすことで、あの頃の熱い炎が消えずにそこにあると気付いてしまった。

私はまだ和馬を愛している。

だけど、彼の気持ちに応えれば、真優紀を巻き込んで彼の父親との争いになるだろう。和馬の現在の職場にも影響が出る。

そして、いずれ大病院を継ぐ和馬の妻に私が相応しいかもわからない。

少なくとも、彼の父親が望むような良妻賢母……専業主婦になり、跡継ぎを産むという期待には応えられない。

ダメだ。堂々巡りになってしまう。

「月子先輩、ミーティング始まりますよー」

桜田さんに呼ばれ、私はハッと顔を上げる。仕事中もこんなことを考えて身が入らないようではいけない。

「今、行くね」

私はPCをスリープさせて立ち上がった。

「……ということで、今回のイベントには我が社も大きな役割を果たします。特別チームには特販部からも選抜され、来月からイベント終了の夏までは、専任で動いてもらいます」

部長補佐の社員の説明に、特販部の四十名は皆頷いた。株式会社サンカイは総合商社としては大企業であり、扱う商材によって営業部が違う。私の所属する国内特販部は、サンカイが建材の卸しを手掛けていた時代から続く部署であり、名前こそ代々変わっているがいまだ建材の扱いをメインにしている。

東京都が主催するイベント会場建設に、取引先の大手建築会社が内定し、部材の卸しが我が社に回ってきた格好だ。他にもこのイベント関連でサンカイが受注している仕事も多く、社内で特別チームが作られることになったのである。

「特販部からは、河田《かわた》さん、江端《えばた》さん、山本《やまもと》さん、武藤さんの四人に参加してもらいます」

そう言われて私は顔を上げた。内示がなかったので初耳である。

「呼ばれた社員は前へお願いします」

私でいいのだろうか。いまだ育休中で時短勤務だというのに。困惑顔をしてしまう私に、桜田さんが「月子先輩、前ですって」と声をかける。前に出ると、社員の視線を感じた。

部長が立ち上がり、紹介するために横に立った。

「ええ、四人は今までの実績で抜擢しました。武藤さんは、お子さんも小さく時短勤務ですが、勤務時間内で充分担える業務を担当していただきたい。育児における時短勤務でスキルアップ、キャリアアップのチャンスを逃すのは、もったいないでしょう。武藤さんにはいい前例になってほしいと思っています」

部長の言葉に拍手が起こり、私は慌てて頭を下げた。

ミーティングが終わり、桜田さんに誘われてそのまま外に昼ごはんを食べに出かけた。

「部長、月子先輩を使って『ママにも働きやすい職場』のアピールしたいんですね！月子先輩ができる人だからって、広告に使うなんて」

それは私も理解していた。出産後もキャリア形成がしやすく、能力次第で認められるという会社の取り組みを見せたいのだ。シングルマザーで娘がまだ一歳の私は、いい広告塔になるだろう。

「月子先輩はバリバリ働ける人ですけど、時短で帰れない時は相談してくださいね。私もお手伝いしますから」

「ありがとう、桜田さん。山本さんにも困ったら言ってって言われたよ。彼女のお子さん、もう高校生だから」

「山本さん、超忙しい営業二課から一昨年異動でしたよね。河田さんは若いけどできるって評判だし、江端さんはチームリーダー経験者だし。う〜ん、今回の抜擢は純粋に評価が高い人を選んだって感じですねえ」

「足引っ張らないように頑張らないと」

「月子先輩も評価が高いんですよ！」

桜田さんはそう言ってくれるが、やはり私は『ママで時短勤務中だけど特別グループに大抜擢』という前例作りのためである気がする。

いや、選んでもらえたからには頑張らないと。

同時に、地方に引っ越しなどと考えていた朝のことが遠く感じられた。生活のためとはいえ、私は仕事が好きだし、こうして背中を押してもらえれば期待に応えたいと感じる。やはり、簡単に捨てられるものではないのだ。

週末、和馬に誘われて、屋内の体験施設へ行った。郊外にある科学館で子どもが体験できるものも多い。赤ちゃんＯＫのプラネタリウムや大型映像の上映もある。

電車で行くと言ったら、和馬も合わせて電車でやってきた。駅からは少し遠く、歩くとちょっとした散歩になる。寒い冬の日で真優紀の頬は真っ赤だった。

大型映像を見て、館内を回った後に併設されたカフェに入る。

「……そうか、特別チームに抜擢なんてすごいな」

和馬は私を見て、笑顔で言った。自慢したかったわけではない。報告だ。それでも、手放しで褒めてくれる和馬に、嬉しいと感じる気持ちを隠すのは大変だった。同時に、和馬には残念な報告にもなるのだ。

「土日も出なければならない日が多分あるんだ。土曜は保育園の一時預かりを利用して、日曜は叔母に頼むことにする」

部長は時短勤務の範囲内でと言ったが、確実にできるとは限らないのだ。少なくとも過去の似た事例では、担当社員は大量の業務に忙殺され、休日出勤も多かった。

「あまり会えなくなるから」

「わかった。真優紀と月子に会えないのは寂しいけど我慢するよ。真優紀も随分慣れてくれたしね」

そう言って真優紀を覗き込む和馬。真優紀は離乳食も進み、頼んだプリンをぺろっと平らげたところだ。

「だーあ、あー」

そう言って和馬に向かって手をのばしている。ベビーチェアに飽きた様子だ。

和馬が私をちらっと見るので、私は頷いた。

「抱っこしてあげて」

真優紀はすっかり和馬に慣れ、最近は会えば笑顔になり、自分から抱っこをせがむようになった。そういった娘の変化に私は戸惑いつつも、和馬のとろけそうな笑顔を見ると複雑な気持ちになる。

膝にのった真優紀はお冷を持ちたがり、和馬のサポートでごくごくと飲み干した。

「コップを持つの、上手だね、真優紀」

「あい」

父と娘が寄り添う姿は、最初からそこに存在していたかのように自然に見えた。

電車に乗り新宿まで出る。駅は混み合い、出てすぐの繁華街も人が多い。

「JRだから、私たちはここで」

「家まで送ってあげたいけど」

「遠慮する」

首を左右に振った。おそらく和馬は、今私たちが住んでいる住所を、調査会社を使って調べているだろう。それならわかるはずだ。今日出かけた科学館に行くなら我が家からバスと電車を使って行く方がスムーズ。それなのに、帰り道は遠回りになる新宿を経由した。離れがたい気持ちでいるのがバレてしまっているかもしれない。

和馬がベビーカーに手をかけた。

「駅構内は混むから、改札まで送るよ」

「……ありがとう」

人の波をうまくかき分け、和馬がベビーカーを押す。一歩後ろをついていく私は、不思議な気持ちでいた。以前、和馬は言った。こうしていると、別れた過去がなかったかのようだと。

あの時は否定したけれど、私も同じ気持ちでいる。

今、これほどまでに和馬と離れがたい。

浅岡さんの言葉を思い出す。私が決めること。私も和馬も今は独身で、よりを戻そうと思えばできる。

だけど、私はもう同じことを繰り返したくない。和馬の父親とも争いたくない。

彼の父親に対して思うところはあるけれど、やはり親や周囲に反対される恋愛はつらい。大好きな人の身内に否定された過去は、確かに私を傷つけていた。

真優紀を守りたいと言いながら、自分自身の心を守りたい防衛本能がある。

(勝手なのは私だ……)

エレベーターで改札階に下り、和馬が私の手にベビーカーを戻す。

「今日はありがとう。楽しかった。また誘うけど、月子が忙しいなら遠慮なく断ってくれ」

「うん……、和馬」

顔を上げた私はなにを言いかけたのだろう。自分でもわからないでいるうちに横から声をかけられた。

「和馬さん?」

そこには着物姿の若い女性がいる。ちょうど改札から出てきたところだろうか。結い上げた髪も控えめなメイクも上品で大人びて見えるけれど、おそらく二十代前半だろう。

「麗亜《れいあ》さん」

和馬が驚いた様子で、彼女の名を呼んだ。

5 トラブル

この人はもしかしなくても……。そう思った瞬間、私は口を開いた。

「こんにちは、円城寺さんの友人の武藤といいます」

女性はにこりと微笑み、お辞儀をした。

「はじめまして。峯田麗亜と申します。和馬さんの婚約者です」

やはり、和馬の縁談相手だ。婚約者……直接断ったと聞いていたけれど。

「麗亜さん、俺は結婚できないとお断りしたはずです。婚約者ではありませんが」

和馬は明らかな苛立ちを隠さずに訂正した。

「まあ、ひどいことをおっしゃるんですね。私は頷いておりませんよ」

彼女は真面目に憤慨しているようだ。その怒り方はおっとりしていて、やや幼くも見えた。

「双方の家族が合意しているご縁ですよ。私は婚約していると思っています」

和馬は反論しかけて、嘆息した。困惑した顔をしているところを見ると、彼女は常からこの調子なのかもしれない。

「だからこそ、ご意見いたします。和馬さん、私というものがありながら、女性と……しかもお子さんを連れた既婚の方とみだりにふたりきりでいらっしゃるのはどうかと思います」

熱心に忠告してくる様子に、和馬はなんと返そうか一瞬躊躇したようだ。

その間に彼女は私に視線を移した。

「武藤さんとおっしゃいましたね。ご友人とはいえ、既婚の女性が独身男性と親しく会うというのは誤解を招くのではないでしょうか。和馬さんには私がおりますので、今後は控えていただければと思います」

面食らいつつ、なるべく冷静に返事を考える。初対面の人間にこんなことを直接言えるのはどういう人なのだろう。彼女は大真面目の様子なので、もしかするといわゆる天然というタイプなのだろうか。

家柄からして相当なお嬢様だろうし、この図々しさは世間知らずの表れ？　ともかく、庶民アラサーの私には少々理解しがたい。

和馬が口の中で小さく「ごめん」と言った。それは私にだけ聞こえる声だった。え？と見上げると和馬は麗亜さんに向かって口を開いた。

「麗亜さん、俺はあなたと結婚する気はないと言いました。婚約者だとも思っていません」

「まあ、和馬さん」

和馬が突然私の腰を抱いた。不意のことでぎょっとして固まってしまう。

「彼女、武藤月子さんは俺の恋人です。この子は俺の娘です」

麗亜さんの目が見る間に丸くなっていく。

一方で私は激しく狼狽した。どうして話してしまったの？　彼女を遠ざけるためとはいえ、この状況で宣言したら、後々嘘でしたとは言えなくなる。しかし、麗亜さんの前で和馬を問い詰めることはできない。

「和馬さん……ご冗談でしょう」

麗亜さんの口調はおそるおそるといった様子で、視線は和馬と真優紀を行ったり来たりしている。まるでふたりの似通っている部分を探すように。

「冗談でこんなことは言いません。ふたりで話し合い、籍は入れず同居もしていませんが、間違いなくこの子は俺の娘です」

色白な顔から血の気が失せ、紙のように白くなっていく。よろめく彼女に手を差し伸べそうになったのは私だった。しかし彼女はしっかりと足を踏ん張り、キッと私と和馬を見つめる。

「近くに家人の車を待たせています。この件については追ってご連絡いたします」

そう言って彼女は背を向け、去っていく。薄桃色の着物の背中はあっという間に人波にまぎれて見えなくなった。

「……和馬、どうしてあんなことを言ったの？」

充分、彼女が遠ざかってから、私は和馬に視線をやった。苛立ちと不安感でどうしても視線も口調もきつくなる。

「すまなかった。月子と真優紀に迷惑をかけたかったわけじゃない」

「充分迷惑だよ。この先、あなたと復縁する気もないし、離れる前提で会っているんでしょう。忘れたの？」

和馬は力なく首を左右に振った。

「本当に悪かったと思っている。だけど、どうしても彼女に好き勝手言われたくなかった。俺には他に愛する人がいて、最愛の娘がいると言いたかった。好きなのは月子だけだから」

「あなたの主張に私と真優紀を使わないで。あのお嬢さん、絶対に私と真優紀のことをあなたのお父さんに言うでしょう。それは本当に避けたいのよ！」

和馬がふっと表情をいぶかしげに歪めた。

「月子……やっぱりきみは俺の父親になにか言われたのか？」

ぎくりとした。しかし、真実を言うつもりはない。

和馬はなおも探るように私を見つめる。

「きみは再会してからもずっと俺の父親の存在を気にしている。嫌な目にあったのは申し訳なかった。だけど、俺はそこまで父親を恐れてはいないし、伝わらなくても意見は口にしているつもりだ。だけど、きみはとにかく『関わりたくない』の一点張り」

私はむっつりと黙った。和馬は知らないのだ。彼の仕事を盾に、私に別れろと迫った父親のことを。

「……もしかして、俺の知らないところでなにか言われていたのか？　たとえば脅されるようなことがあったのか？　別れた理由もそれが……」

「うぬぼれないで。あなたと別れたのは、うまくいかなくなったから。恋が終わったからよ」

きっぱりと私は言い切った。我ながら堂々とした口調はなかなか役者だと思う。

「お父さんに知られたくなかったのは、真優紀を養子になんて言い出すんじゃないかって不安だったから。和馬が結婚していないなら、余計にそういう話になるんじゃないかって思ったの」

「……絶対にそんなことはさせない。月子から真優紀を奪うようなことは。俺が責任を持つ」

和馬が言い、私は眉間にしわを寄せたままベビーカーを押して踵を返す。もうこれ以上話していてはいけない。

「月子……！ また連絡する」

振り返らずに改札をくぐった。さよならも言わずにエレベーターを目指して歩く。お父さんとのやり取りを口にせずに済んだことだけはよかった。

大変なことになったと動揺しながら、和馬がどんどん私の中で大きくなっていくのを感じていた。彼があの若い女性に対し、私こそが恋人だと宣言してくれたこと……私は確かに嬉しくも思っていたのだから。

和馬の縁談相手と遭遇した日から三日、私は和馬の住む赤坂のマンションに再び呼び出されていた。

まだ例のイベントプロジェクトは始まっていないので余裕はあるけれど、彼の自宅に行くのはためらわれた。同時に、込み入った話になるのも感じていたので、外で話すわけにもいかない。そうなれば、やはり和馬の家に行くしかないだろう。

真優紀のお迎えを琴絵さんにお願いした。

琴絵さんには今日までに起こったことをだいたい把握してもらっている。トラブルを抱え込んで迷惑をかけたくなかったというのもあるけれど、琴絵さんが心配しているというのが一番の理由だ。今日、和馬に会いに行くのも『電話にしたら？』と言っていた。

『会って話したいと言われてるから』

そう答えながら、いよいよ会うのをやめなければいけないと考える。和馬は結婚を断っていても、周囲は推し進めようとしているのがよくわかった。

私のスタンスを決めなければ。和馬と復縁はしない。もう揺れない。

あのちょっと変わったご令嬢……和馬を好いている女性。少なくとも、和馬の父親は彼女がいいと推しているのだ。

会社帰りに懐かしい和馬のマンションを訪ねた。ほんの二年前まで、何度も夜を過ごした場所。

「月子、来てくれてありがとう」

「話が終わったら帰ります」

和馬の部屋は相変わらず生活感がなく、眠りに帰っているだけのような雰囲気が漂っていた。

夕暮時の都心の街並み。ビルに灯りがともりだす時間だ。

「早速だけど」

ドリップコーヒーを私の前に置き、それから和馬は封書を差し出した。

「彼女から手紙が来た」

「手紙……、見てもいいの？」

「きみ宛てでもある」

和馬はそう言って、苦渋に満ちた表情になる。

「本当は月子には見せたくない。だけど、彼女がきみや真優紀に言及している以上、内容を把握しておいた方がいいと思ったんだ」

「……わかった」

すでに私は円城寺家と峯田家の縁談の関係者になってしまっている。情報共有が必要なほどに。

「きみと真優紀のことはあちらの親族にも、うちの父親にも伝えられた。全員が俺に怒り狂っているよ……彼女以外ね」

彼女以外というのはどういうことだろう。促されて手紙を開く。

そこにはびっしりと細かい文字で麗亜さんの思いの丈がしたためられていた。

和馬との出会い。家同士の繋がりと思っていた縁談から恋に落ちたという内容は、やがて結婚を断られるという悲しみに変わる。そして、先日の私と真優紀との遭遇、ショック……。

はっきりと書かれてあったのは『諦められない』という気持ちだった。

「『和馬さんを愛しています。隠し子くらいでこの気持ちは変わりません』って書いてあるよ」

和馬は眉間にしわを寄せ、黙っている。

手紙は、彼女がこれから励む努力が書かれ、いかにして和馬のいい妻になれるかを語っていた。

「『あのお嬢さんを私たちの娘として育てるのはどうでしょう』……なにを考えてそんなことが言えるのかな。絶対に真優紀は渡さないから」

「もちろんだ。真優紀はきみの娘だ。彼女の言う荒唐無稽な提案は無視していい」

手紙の最後には私宛のメッセージがあった。伝えてほしいという体で。

「『あなたが和馬さんに相応しい女性でしたら、反対されることもなかったでしょう。隠れて和馬さんの寵愛を受け続けていたことは許します。ですがこれで終わりにしてください。今後、和馬さんに近付かないでください』……彼女はこう言ってるけど」

読み上げて、手紙をたたんだ。寵愛とは恐れ入る。私と和馬はよほど対等な存在でないと言いたいようだ。

「きみ宛ての部分は、彼女の勝手な意見だ」

「でしょうね。でも、和馬のことが大好きで周りが見えなくなっている人に敵視されるのは御免だわ。私と真優紀はもうあなたとは会わない」

言葉を切って、コーヒーをひと口飲む。

「あの麗亜さんと結婚したらいいんじゃない？　少なくとも彼女は和馬を恋愛感情で見ている。政略結婚だとは思っていないもの。和馬に尽くしてくれるし、いい関係が築ける。大企業の令嬢だし、お父さんの病院も安泰でしょう」

口にしてみて、やはりメリットの多い結婚なのだと思った。

和馬が父親やあちらの親族に詫びれば、麗亜さん自身の希望は強いのだし、結婚に軌道修正できるのではないだろうか。

和馬がまっすぐに私を見ているのに気付いた。真剣な面持ちに、私はわざと苦笑いを返した。

「彼女に伝えて。もう、和馬には近付かないって」

「いや、彼女には改めて結婚できないと断ってきた」

和馬の言葉に私は目を見開いた。和馬は続ける。

「この手紙を読んだ上で、昨日、峯田家に正式に断りの挨拶に行ったよ。あちらの親御さんからは不誠実だと罵られたけれど、以前から結婚できないとは伝えていたからね。うちの父がゴリ押ししていたから、向こうに期待を持たせてしまった。その点を詫びたよ」

「あなたのお父さんは?」

「久しぶりに父とも話してきた。怒り心頭で話が通じなかったけれど、月子以外とは結婚しないと宣言してきた」

私は立ち上がった。

「肝心なことを忘れてる。私は和馬とよりを戻す気はない」

「……わかってる」

「それなら、どうして正しい道を選ばないの?　資産のある女性と結婚した方が和馬のためじゃない」

「それは俺の父親のためで、俺のためじゃない。俺の幸せは月子、きみだ」

立ち上がった和馬が歩み寄ってくる。踵を返そうとした私の手首を掴み、それから強い力で引き寄せる。

「好きだ、月子。出会った時からずっと。別れた時だって、変わらず」

「は、離して……」

後ろから抱きしめられ、動けない。抱擁から抜け出さなければと思うのに、あまりに懐かしく慕わしい温度と香りに胸がかき乱される。

「いつまでだって待つ。きみと真優紀と家族になりたい」

「ダメ……そんなの」

二年前、どれほどの想いで別れたというのだろう。どれほど悩み苦しんだのだろう。きっとまた同じことを繰り返す。

私はもう自信がない。彼の父親に否定されたことだけが理由ではなく、ずっとずっと和馬に似合う存在なのかが不安だった。和馬だけを選び取れなかった私が、彼の子どもを産んで育てている。それだけで身勝手なのに、彼は多くのものを捨てて私を選ぼうとしてくれている。

「離して。真優紀が待ってるから帰ります」

私の決然とした言葉に、和馬が抱擁を緩めた。私は鞄を手に踵を返し、もう和馬を見ずに懐かしいマンションを出た。

帰宅するとぐったりと疲れていた。琴絵さんが真優紀を迎えに行き、夕飯も作っていてくれた。

「おかえり。話し合い、できた？」

「うん……」

真優紀を抱き上げ、頷く。夕食前に琴絵さんに今日のことを報告した。

和馬が結婚を改めて断ってきたこと、私にプロポーズしてきたこと。

琴絵さんはジッと聞いていた。

「……それで月子はどうしたいの？」

「和馬とは終わってる」

「そう言うならどうしてそんなに苦しそうな顔をするの」

私は眉をひそめ、うつむいた。

「和馬への気持ちは、多分全然消えていない。離れてもきっとずっと好きだった」

「うん」

琴絵さんが頷く。琴絵さんも私の本音を察していたに違いない。

「命への責任だけで月子が真優紀を産んだとは思っていないよ。彼の願いをかわし切れなくて会っているのも、月子の気持ちだよね」

「だけど、復縁すればきっと私はまた悩んで苦しむ。彼のお父さんからの圧ももちろんあるけれど、私自身が和馬を支えていけるかわからないよ。救命医だもの。そしていずれは大病院を継ぐ立場なんだ。仕事と真優紀のことで精一杯の私が、和馬を支えられない」

「それは『支えなければいけない』もの？」

琴絵さんが真顔で尋ねた。

「私と恋人の創はパートナーだし、一生添い遂げるつもりだけど、お互いの領分には踏み込まないよ。つらい時は頼るし、向こうにも頼ってほしい。だけど、全面的にサポートするのが妻の仕事？　現代的じゃないんじゃないかなあ」

「でも、その方が和馬はきっとラクで……」

「その考え方、それこそ和馬くんの父親に植えつけられた観念が肥大化してない？」

私は顔を上げた。

自分ではそんなつもりはなかった。しかし、琴絵さんの言葉に衝撃を覚える。あれほど嫌だと思っていた彼の父親の言葉に影響を受けていた⁉

「恋人の家族に認めてもらえないってすごくつらいことだよ。自己肯定感が下がった月子が、和馬くんのそばにいられない理由を自分の中でどんどん大きくしていっても仕方ないと思う」

「私、……そんなに自分に自信をなくしていたのかな」

「あの頃は和馬くんの仕事を盾に脅されてもいたしね。でも、もう二年経って状況がこれほど変わって、和馬くんはまだブレていない。月子も真正面から向き合う時がきたのかもね。復縁か、完全な離別か」

その時、ドアチャイムが鳴り響いた。こんな時間に誰だろう。

時刻は二十時。浅岡さんが来る予定はないし、宅配便も頼んでいない。

インターホンについた古いカメラを見ると、見覚えのある男性の姿。ゾッとした。

「和馬のお父さん……」

「え⁉」

琴絵さんが声をあげ、すぐに眦《まなじり》を決すると玄関へ向かう。

「月子は出てこなくていい。私が帰ってもらう」

「でも」

「月子と真優紀の顔を見た方が、怒りが増すかもしれない」

琴絵さんに言い含められ、リビングで待機した。しかしそう広い家ではないので、玄関の物音はよく聞こえる。

ドアが開き、まず久しぶりに聞く彼の父親の声がした。

「武藤さんのお宅ですね。月子さんに用事があって参りました」

「どなたかは存じ上げています。月子はおりません」

「あなたが月子さんの叔母さんですか。隠し立てしてもいいことはありませんよ」

「なにがいいことはありませんよ、ですか。具体的におっしゃってくださいよ」

琴絵さんの嘲笑うような声が聞こえる。挑発するつもりはないのかもしれないが、叔母も充分怒っているのだ。

「あなたね、非常識だとは思わないのか。あなたの姪はうちの息子の子を勝手に産んで、いまだにたかりをしているんだぞ。おかげでうちの息子の縁談はめちゃくちゃだ」

「当人が納得していない縁談だと聞いていますが？　いいご年齢にもなって子どもの人生を思う通りにできると妄想しているなら、ご病気ですよ。お医者様と聞いてますが、メンタルヘルスの方はご専門じゃない？」

琴絵さんの煽りスキルが高くて、私がハラハラしてきた。このままでは余計に怒らせてしまうのではないだろうか。そうだ、浅岡さんを呼ぼう。温厚で熊のように大きく頼りになる浅岡さんに仲裁してもらうのはどうだろう。

その時だ。

「父さん！」

玄関からもうひとつ声が聞こえた。その声を知っている真優紀が、私の腕の中で「あー！」と声をあげた。

和馬だ。どうして、ここに？

私だけ隠れてはいられず、真優紀を抱いて玄関に飛び出した。

「月子！　真優紀！」

和馬が私たちを呼ぶ。数時間前に別れたままの格好をして、急いだのか髪の毛は乱れていた。

「和馬、おまえがどうしてここにいるんだ！」

「父さんが出かける時は連絡をくれと家の者に頼んである。月子と真優紀になにをするかわからなかったからな」

和馬は苦々しく言い、琴絵さんに向かって頭を下げた。

「琴絵さん、ご無沙汰しています。父が大変失礼いたしました」

「和馬くん、久しぶり」

「おい！　なにを謝ってるんだ！」

和馬の父親が声を荒らげた。

「そもそも和馬、おまえがしっかりしていないから、こんな女にたかられるんだぞ！二年前、せっかく私が追い払ってやったのに、なぜ子どもなんか……！」

「追い払った……？」

和馬が父親の言葉を復唱した。それは和馬の知らない真実のはずだが、彼はその意味を一瞬で理解し、合点がいったようだった。

瞳には言いようのない憤りが宿っていた。

6 消せない想い

『追い払った』というのはどういう意味なんだ、父さん」

和馬は底冷えのする低い声で自身の父親に詰め寄った。詰め寄られた方は、ふんと鼻で息をつくと、開き直った様子で答える。

「そのままの意味だ。月子さんに和馬と別れなさいと諭した」

「なんて勝手なことを……！」

和馬が私を見た。申し訳なさそうな悲しい表情をしている。私の代わりに琴絵さんが口を開いた。

「和馬くん、月子は言わないだろうから私が言うけれどね。あなたのお父さんは月子に言ったんだよ。『別れないなら、野木坂病院に圧力をかけて息子の職を奪う』ってね。月子は和馬くんが救命医の仕事に誇りを持っているのを知っているから、和馬くんを守るために別れを選んだの」

「琴絵さん……！」

和馬はなにも知らないし、それでいいと思ってきた。こんな形で知られてしまうなんて。

和馬は琴絵さんを見て、私に確認するような視線を投げた。うつむきがちな私から、自身の父親に視線を移動させる。ブラウンの瞳に鋭い怒りが閃いた。

「諭した、なんてよく言えるな。月子を傷つけ、俺の仕事を脅しの道具に使ったと？」

「おまえが素直に別れないからだろう。峯田家の麗亜さんなら、おまえに相応しい。若く健康で、子どもも多く産めるだろう。家事全般は得意だと言っているし、教養もある。外で仕事をしたいなどと我儘も言わない。どうして麗亜さんじゃダメなんだ」

「話す価値もない」

吐き捨てるように和馬は言った。

「前時代的な夫婦の価値観を理想に掲げ、俺の妻を勝手に選んだようだけれど、要は資産のある峯田家となんとしても縁付きたいだけだろう。俺のためじゃない、病院のためだ」

「和馬、どうしてそう聞き分けのないことを言うんだ。済々会は多摩地区の医療を担う大病院なんだぞ。さらに経営を広げていくことは地域の住民のためだ。資産のある家との繋がりがいかに大事かわからないとは言わせないぞ」

「自分の手に余る経営はすべきじゃない。なにも済々会だけが多摩地区の病院じゃないんだ。大義名分を掲げているが、父さんの言っていることは私利私欲だよ。だから、兄さんだって家を出たんだ。……そして、俺もあなたとは関わらない」

和馬が厳然たる口調で宣言した。和馬の父親が顔色を変える。

「なにを言っている……！」

「円城寺家とは縁を切ります。済々会病院も継ぎません。月子と真優紀と生きていきます」

私は弾かれたように和馬を見やった。私たちの未来のための重大な宣言だった。嬉しいと思っていいのか、止めたいのかわからない。胸が熱い。

「私の言うことが聞けないなら今の病院に勤務は続けられないぞ」

顔を紅潮させて怒っている父親を見つめ、和馬は深いため息をついた。自分の父親が私に対して言ったことを、再びなぞっていると感じたのだろう。

「お好きにどうぞ。医者の仕事はどこでもできますから。そんなことの何倍も、俺には月子と真優紀が大事です」

和馬の冷静な言葉に、彼の父親の方が怒りを爆発させた。「おまえというやつは」と言うが早いか、和馬の襟首を掴んだのだ。和馬も背が高くがっしりした体格をしているが、お父さんもまた和馬に近いほどの身長がある。

「ちょ……やめ……」

慌てる琴絵さんの腕に真優紀を預け、私はふたりの間に割って入った。

「やめてください！ ……きゃっ！」

お父さんの振り上げた腕が私の顔に当たり、私は玄関の壁にぶつかった。止めに入っておいて情けない。

「月子！」

和馬が叫び、自身の父親を引きはがし、私を守るように抱き寄せた。

「帰ってくれ。これ以上は警察を呼ばなければならない。息子にそこまでさせないでくれ」

感情を必死に抑えた様子で和馬が言い、お父さんはまだ怒りから肩で息をしていた。

しかし、ふいと身体をねじり、玄関を出ていった。

一連の騒ぎが収まったタイミングで、真優紀が大声で泣き出した。それまで呆然としていた真優紀も、ショックの連続で怖かっただろう。

「真優紀、おいで」

琴絵さんから真優紀を受け取ってあやす。真優紀はまだ大泣きだ。

「月子、琴絵さん、本当にお騒がせしました」

和馬が頭を下げ、琴絵さんが口を開いた。

「和馬くん、ともかく上がっていったら？」

「ですが……」

和馬が私を見る。気遣っているのがわかるので、私は頷いた。

「琴絵さん、真優紀をお願いしてもいい？　和馬と少し外で話をしてくる」

和馬は車で駆けつけてくれたようだ。近くのコインパーキングに乗用車が停めてあった。

「中で話そうか」

以前付き合っていた時に乗っていた車とは違う。助手席に座ると、運転席の和馬が私を見た。

「きみが父に脅されて、俺のために別れを選んでいたなんて……おかしいと思ったのに、別れを受け入れたあの時が悔やまれるよ」

頭を下げ、和馬は続ける。

「本当に申し訳なかった。きみにそんな選択をさせてしまった」

「……和馬のお父さんの言葉は当時の私には大きかった。だけど、別れを選択したのは私。私たちはすれ違っていたし、私自身が和馬と生きていく未来を描けなくなっていた」

これは本音だ。車内に重い沈黙が流れる。

しばらくして和馬が口を開いた。

「月子にとっては終わった恋愛なのは変わりがないんだな」

「……そうだよ」

頷いて、窓の外へ視線をやった。受け入れてしまいたいという気持ちがよぎったのは、けっして口には出せない。

「ごめん、やっぱり納得できない。あの頃の月子が俺を嫌いで別れたわけではないのがわかったから。月子がもう一度俺との未来を描けるようになるまで、俺は待つし、気持ちを伝え続ける」

「困るよ。和馬には和馬の生活がある。仕事がある」

「月子と真優紀との人生以上に必要なものなんかない。月子が好きだ」

私たちの間に再び沈黙が流れた。それは私が返事をしなかったから訪れた静寂。

和馬の人生を私が歪めたことに違いはない。ここから無理に家族になっても、きっとほころびが出る。

一緒になった後にまた別れを選べば、今度は私と和馬だけじゃない。真優紀だって傷つくのだ。

「月子、今すぐにきみの気持ちが動くとは思っていない。だけど、うちの父親がまだなにをしてくるかわからない。しばらくはちょくちょく顔を見せに来たいんだ」

「……それは」

「父の動向は家人を通じてわかるようにしてある。なにかあれば駆けつける。この件については俺の責任だから……どうかきみと真優紀を守らせてほしい」

私はしばし黙ってから頷いた。私の態度の軟化に和馬がわずかにホッとした表情を見せた。

「和馬、お父さんとはこの先も対話の機会を持ち続けた方がいいと思う。私との結婚云々ではなくて、親子として理解し合えていない状況は、お互いよくないんじゃないかな。この先も和馬の人生に干渉してくるのだろうし」

私は真顔で和馬を見つめた。

「今日まで和馬が完全にお父さんを拒絶しきれないでいたのは、お父さんの寂しさを知っていたからでしょう。離婚、お兄さんの海外赴任。和馬はお父さんをひとりにしたくないんだと思うよ」

「あんな性格の人だ。……ひとりになっても自業自得だよ」

「そうやって割り切れないのが親子なんじゃないかな。もちろん、和馬の負担になるなら、縁を切ってしまうのも必要だと思う」

私は言葉を切って、少しだけ笑った。

「和馬は和馬で闘って。私は私で真優紀を守るために闘うから」

「わかった。ありがとう、月子」

ほどなくして、私は車を降り家へ向かった。和馬は私の背が見えなくなるまで見守っていたのだと思う。優しいまなざしを感じた。


それから和馬は週に何度か我が家を訪ねるようになった。だいたいが夜で、お土産を持ってやってくる。夜勤明けや休みをつぶして会いに来るので、「そこまでしなくていい」と言っているが聞いてくれない。

浅岡さんが遊びに来ている日に被ることもあり、浅岡さんともすぐに親しくなった。もともと和馬は社交的な好青年だし、浅岡さんは誰に対しても友好的で穏やかな人だ。

真優紀は家がにぎやかになる夜が嬉しいらしく、大人四人に囲まれ、おしゃべりがどんどん上手になっていった。

一歳を過ぎた頃から「ママ」はたまに聞くようになったけれど、それ以上の発語はなく、喃語《なんご》ばかりだった。それが一歳四カ月を迎える今はぐっと言葉が増えた。琴絵さんを「こっしゃん」と呼び、「あい」「どーじょ」などの言葉も、家族のコミュニケーションの中で覚えたようだ。和馬のことをパパと呼ばないのは、私や周囲がそう教えていないからだ。和馬自身も自分を「パパ」だとは言わない。

それでも、我が家の団らんに加わる和馬は嬉しそうだった。

和馬が真優紀を膝にのせ、笑い合っているところを見ると胸が疼いた。

私はどうしたいのだろう。別れた経緯が露見してしまった以上、以前ほど私の拒絶に効力はないだろう。

私だって和馬が好き。その気持ちが彼に伝われば、和馬は今度こそ私と真優紀を離さないだろう。だけど、本当にそれでいいのかわからない。

今でさえ精一杯の私が、家族を営んでいく自信がないのだ。

ただ、琴絵さんとあの晩話したことは、希望のように心の片隅で輝いていた。二年経ち、私がずっと囚われていた価値観は、間違っているかもしれない。私たちには可能性があるのかもしれない。

ある日曜日、私は真優紀を抱いて都心部に出かけていた。和馬の忘れ物を届けに、マンション近くで会う約束をしたのだ。先日、夜勤明けに我が家にやってきた和馬は、真優紀をお風呂に入れてくれた時にスマートウォッチをはずして、洗面所に置いて帰ってしまったのだ。

仕事で使うはずなので、いつまでもうちにあったら不都合だろうと、真優紀と散歩を兼ねて出てきた。

「月子、真優紀、わざわざありがとう」

「別に大丈夫」

マンション近くの小さな公園で待ち合わせた。真優紀がけほけほと咳をし、和馬が抱っこ紐の中を覗き込む。

「真優紀、風邪かな？」

「昨日の夜くらいから少し咳が出てるの。このくらいだと自然に治っちゃうこともあるから、様子を見てるところ」

私の返事に和馬が困ったように片眉を下げる。

「そんな日に外に出てきちゃダメだよ。よければ送るから、車に乗って」

「和馬の車、チャイルドシートがないからダメよ」

断ると、和馬がふふっと笑った。なにか企んでいる顔だ。

「実は設置してあるんだ」

「買ったの⁉」

「違う。先輩の家で使っていたもので、不要になったって聞いて借りたんだ。わざわざ買うと月子が気にするからね。俺も考えただろう」

「そんなことで威張ってもダメ」

和馬の言葉に甘えることにしたのは、軽い咳を甘く見て真優紀を連れ出してしまった後悔と、そのせいで短時間しか和馬と真優紀を会わせてあげられない反省からだ。真優紀の体調が万全なら、この後カフェでランチでもと思っていた。今日は和馬に家まで送ってもらおう。

和馬のマンションまで歩き、地下の駐車場で真優紀を抱っこ紐から出した。その時、両脇に手を差し入れて真優紀の身体が熱いことに気付いた。ずっとママコートで包んで抱っこしていたから、お互いの温度で温かいのは普通だと思っていたけれど、これはかなり熱い。

「真優紀？」

声をかけると真優紀はぼんやりしている。ずっと眠っていたせいじゃなく、普段より静かだ。

首筋に手を当てるといっそう熱かった。これは熱だ。

「和馬、この子熱が出てるみたい」

「……どれ。真優紀、みせてごらん」

後部座席のチャイルドシートに座らせ、和馬が真優紀の首筋に手を当て、口を開けさせる。中を覗き込み、「見えないな」と呟くので、隣で私がスマホのライトを照らした。

「真優紀、朝ごはんは食べられた？」

「最近、気分で食べてくれない時があって、今朝は幼児用のスティックパンを半分くらい。麦茶は朝から何度も飲んでる。さっきも和馬が来る前に公園で飲んだよ」

「水分が取れているのはいいけれど、息が少し苦しそうだ。保育園で流行っている病気はある？」

「インフルエンザがちょっと前に。あとは確か上のクラスで咳でお休みしてる子がいるって先生が……。病名とかは聞いてない」

「了解」

私たちのやり取りの間に、真優紀はけほけほと咳き込み始める。見る間に咳がひどくなり、私は慌てて真優紀の背をさすった。

「真優紀、麦茶飲んでみよう」

「やっ、やー!」

真優紀は首をねじって麦茶を避け、それからまた咳き込み、苦しいのか泣き出した。その泣き声もひどく弱いし、咳はどんどんひどくなる。

「どうしよう。私が連れ出したせいで……」

「いや、症状が出てなくて気付かないことはよくある。日曜か……かかりつけの小児科は休みだよな」

「うん……」

「わかった。うちの勤務先なら休日診療をやっている。今から行こう。保険証と乳児医療証はある?」

「ある……」

一瞬迷った。和馬の職場に真優紀を連れていっていいのか。和馬はなんと説明するのだろう。

しかし、すぐにその考えが自分本位だと気付いた。今はそんなことを考えている場合ではない。真優紀の体調を心配すべきだ。

「お願いします。病院に連れていって」

「もちろん。真優紀、もう少し我慢してくれよ」

和馬は優しく真優紀の額を撫で、運転席に乗り込んだ。私も真優紀の隣の後部座席に乗る。

病院は近所にあるため、五分ほどで到着した。高度医療救命センターに隣接した休日診療室へやってくると、待合室は混み合っていた。

受付へ向かうと看護師さんが和馬の顔を見て、目を見開いた。

「円城寺先生、今日はどうされたんですか？」

和馬はにっこり笑って答えた。

「友人の子どもが熱を出してね。今日、休日診療担当は田崎《たざき》先生だったかな」

「はい。でも、今ちょっと診療がストップしてまして」

看護師さんが声を潜めて言う。

「高度医療救命センターの方に自動車事故の患者さんがいっきに四名入って、そちらに呼ばれてます」

「……俺にオンコールは入ってないけど」

「今いる人員でどうにかする予定だったみたいですけど、回らなくて田崎先生にヘルプ要請が……」

「わかった」

和馬は頷き、看護師さんに向かって告げた。

「俺が救命の方に入る。田崎先生はこっちに戻ってもらわないと、待合がパンクするだろ」

「本当ですか！　円城寺先生、お休みなのに」

「問題ないよ」

笑顔で請け負い、和馬は私と真優紀を待合室の端のベンチに案内した。

「今からちょっと行ってくる。真優紀は熱があるから、隔離室に案内してもらえるよう手配しておく。少しここで待っていて」

「和馬……」

「帰りは送ってあげられなくてごめん。……真優紀、お薬をもらえるはずだから、それを飲んで早くよくなるんだよ」

限りなく優しい微笑みを真優紀に向け、その頭を撫でると、和馬は院内へ去っていった。

その後、一時間ほど隔離室で待った。真優紀は朦朧《もうろう》としていて、弱くぐずり続け、あまり麦茶も飲んでくれない。咳もそうだけれど、呼吸が息苦しそうで見ていてつらかった。

朝はここまでではなかった。軽い咳だけだった。

それでも連れ出してしまったことを後悔し、どうしてもっと早く気付けなかったのかと胸が痛んだ。

診察の結果はＲＳウィルス感染症。子どもはよくかかる風邪ではあるけれど、重症化すれば入院と聞き背筋が寒くなった。まだ酸素の値が悪くないことと、呼吸がラクになる薬をもらったのでひとまず自宅療養となった。

タクシーで帰りながら和馬にメッセージだけ送っておく。

疲れていたけれど、病院で解熱剤の座薬を入れたせいか真優紀はぐっすり眠っていて、それだけはホッとした。

帰宅すると琴絵さんが幼児用の経口補水液や、真優紀が食べられそうな軟らかな食品を集めておいてくれた。

うどんを軟らかく煮て細かく切ったものを少し食べ、薬を飲むと真優紀は再び眠りに落ちた。

二十時頃に、和馬がわざわざ様子を見にやってきた。

眠りについた真優紀を大事そうに撫でると、リビングに戻ってくる。琴絵さんは気を利かせたのか、自室に行ってしまった。

「RSウィルスか。保育園には連絡しておいた方がいいね」

和馬の前にお茶を出し、糖分補給になればと最中と大福を置いた。

「ええ。明日、連絡する。お友達にもうつしちゃったかもしれないし」

「真優紀も多分、お友達からもらってるよ。子どもはみんなかかるって言っていいくらいの病気だからね。ただ情報は大事だ。園で蔓延《まんえん》するのを防げるかもしれないし」

和馬は気遣わしげな笑顔で私を見た。

「月子は自分を責めなくていい。いっきに症状が出たから、月子だって驚いただろう。今、真優紀を見たけれど、一生懸命眠って自己治癒をしようって身体が頑張ってる。月子はそばにいて、見守っていてあげてくれ」

その言葉に不覚にも涙が出そうになった。どうしても、自分のせいでという気持ちを消しきれなかったから。私はそっぽを向いて、こくんと頷く。

和馬が続けて言った。

「咳が止まらなかったり、呼吸音が悪くなったり、また呼吸が過度に苦しそうだったりしたら、ためらわず再受診して。脅すわけじゃないけれど、乳幼児は入院になることもあるから」

「わかった。和馬、今日は色々とありがとう。仕事、してきたんでしょう」

和馬はあのままヘルプで勤務についたはずだ。この時間に我が家にやってきたということは、おそらくは昼から何時間も拘束されたに違いない。

「センターはてんやわんやだったから、どっちみちオンコール……呼び出しが入っていたよ。この仕事をしているとよくあることだから。……月子は知ってるか。昔もこうやって月子をほったらかしにしてしまうことが何度もあったもんな」

「和馬の仕事は尊い仕事だと思うよ。そこに文句や不満はない。むしろ、カッコいいってずっと思ってる」

私は強い口調で言った。彼の仕事を、私も大切に思っていることを知ってほしかった。

「ただ、そんな和馬を私は支えてあげられない。私はいつも自分のことばっかりに必死で……あの頃は自信が持てなかった」

「支えてほしいだなんて、今も昔も思ってないよ。月子がそばにいてくれるだけでよかった」

「だって！　私も和馬もお互い仕事仕事ってやってたら、家事なんかめちゃくちゃだし、和馬は頑張ろうって努力してしまう人だから、きっと負担になって……。そういうのが嫌だったの」

和馬はわずかに目を見開き、それから苦笑するように目を細めた。

「ごめん。あの頃も今も、俺が生活能力なさそうなのが、月子の不安感のひとつになってたね。さらに真優紀がいる今、一緒に暮らしても家のことも育児も関われない男だって月子が判断してもおかしくない。それでそばにいてくれるだけでいいなんて、どの面下げてって感じだよな」

「和馬には……全部サポートしてくれるお嫁さんが相応しいよ。私と真優紀が和馬の生活に加わったら、きっと和馬は頑張りすぎて具合が悪くなっちゃうか、自分の道を曲げてしまうよ」

本音と言える部分をほとんど口にしてしまった。拒絶の言葉だけでは和馬には響かない。

むしろ、今こそきちんと話し合う時なのだと思った。

「月子と生きていけるなら、それが俺の道だよ」

はっきりとした口調で、和馬は言い切った。それから、表情を苦笑いに変化させ、頭をかく。

「俺、今まあまあこの家に来ている気がするんだけど、どうかな？」

「え、ええ。よく来てくれるなって思ってる。今日だって疲れてるでしょう」

「俺は、月子と真優紀に会えるなら自分の時間を全部使っても惜しくない。月子と同じくらい育児に関われるかはわからないけれど、努力するのは全然嫌じゃないんだ。最初、真優紀が俺を怖がっていた時の方が寂しかったよ。月子が、俺との生活を不安に思っているなら、そこを払拭できるようにまずは努力してみる」

どうしてこの人はここまでまっすぐなのだろう。まず努力してみようと思える彼は、私のように物事の前に躊躇してしまう人間とは違う。そんなところが眩しくて、惹かれていた。

「月子に認めてもらえるようになるまで頑張るよ。まずは、部屋掃除からかな」

「もう……和馬らしいよ」

泣きそうな気持ちのまま笑ったら、変な顔になってしまったように思う。私の表情の変化に和馬が目を見張り、それから嬉しそうに笑った。

真優紀は、その後二日間熱が下がらず、咳も苦しそうだった。幸いなことに薬の効果か徐々に咳が減り、健やかに回復していった。十日ほど保育園を休ませ、私と琴絵さんは交代で仕事を休んで看護にあたった。一日ずつ和馬と浅岡さんが来てくれたので、実質私と琴絵さんのお休みは二日程度で済んだ。育児の手が多いと助かるのだと今回の件で実感した。

私は例のプロジェクトが始まっていたため、いっそう周囲に感謝をしたのだった。

7 一時的な同居

四月がやってきた。日中は日差しが暖かく、心地よい晴れの日が続いている。新しい制服に身を包んだ学生や、スーツ姿が初々しい新社会人が電車に乗り込む。街はどこか慌ただしくも、さわやかな空気に満ちているように思える。

真優紀もひとつ上のクラスに上がった。発語も増え、手の使い方が巧みになり、歩くのも走るのも上手になった。表情がとても豊かで、真優紀の成長を見守る毎日は心から幸せだと実感する。

ただ、困ったことが続いていた。

私たちの住む古い一戸建ての近くに、見知らぬ人がうろついているのだ。通りすがりの人間とは明らかに違う。何度か家の前を通ったり、裏手の路地で待機していたり。私たちの出入りを監視しているようなのだ。

この監視と思われる人たちは、家の周りだけではなく、保育園周辺や駅前でも見かける。雑踏にまぎれて、私の職場近辺にもいるのかもしれない。

心当たりは和馬のお父さんだ。あの人が二月の一件で完全に納得したとは思えない。

むしろ、一方的に和馬にはねのけられたと感じているかもしれない。

和馬には対話をお願いしているが、二年前に私との結婚について話し合いを持とうとした時も、なしのつぶてだった。

私や真優紀の周辺を探り、粗探しをしているのだろうか。外に男性の影でも見つけて、和馬に私を諦めろと言うつもりか。それとも真優紀を円城寺家に迎えたいと思っているのか……。

これらのことについて、改めて我が家に集まって相談した。琴絵さんと浅岡さんも同席してくれている。

「監視は父の仕業だとは思う。最近、本人はこちらに直接関わってきていないようだけれど、やはり真優紀の動向が気になるんだろう」

「真優紀を後継者として迎えたいと思ってるのかな」

「俺が言うことを聞かないなら、血の繋がった真優紀を……と考える可能性は確かにある。監視のようなことはやめてくれと連絡したが、無視されているよ」

和馬が沈痛な面持ちで言う。責任を感じている顔だ。

「なにもしてこないとはいえ、みんな不安だよな。月子ちゃんも忙しい時期だし、当面は俺が保育園まで車で送り迎えしようか」

浅岡さんが提案してくれるが、私は首を左右に振った。

「申し訳ないです。浅岡さんも仕事があるんですから」

「俺は大丈夫だよ。ただ、和馬くんはやっぱり自分が守りたいかな」

浅岡さんが和馬の顔を見つめ、和馬は頷いた。

「月子と真優紀、琴絵さんに不安な思いをさせて申し訳ないです。だから、俺にできる方法でみんなを守りたいです」

そう言って顔を上げた和馬は、思い切った様子で私に切り出した。

「月子、一時的にうちで同居をしないか？」

突然の提案に、私は驚いて言葉をなくしてしまった。それは和馬の赤坂のマンションに三人で住むということ？

「……無理だよ」

私は数呼吸分、言葉を探して、ようやく言った。

「真優紀を保育園に預けないと私は働けない。保育園から離れすぎてる」

「実は俺の務める野木坂病院内には保育室があるんだ。病院に勤務する職員なら登録すれば一歳児から預かってもらえる。……俺ときみの関係を事実婚の夫婦としなければならないけれど」

事実婚という言葉にぐっと詰まった。それを認めてしまっては、関係がうやむやになってしまわないだろうかと不安がよぎる。いや、自分の気持ちではなく、真優紀のために考えなければ。

「真優紀は今の園に慣れてる。こんな事情で転園させたくない」

私の主張は真っ当だと思う。そこに琴絵さんが口を挟む。

「真優紀の園は私立園でしょう。一度退園しても戻りやすいんじゃない？　ゼロ歳児、一歳児は常に空き待ちだけど、二歳になる子たちのクラスは空きがあるみたいだし」

「それは……」

「創の言う通り、あの不審者たちがなにもしてこないのは幸いだと思う。でも、和馬くんのお父さんがなにを考えてこんなことをしているかわからない以上は、警戒した方がいいんじゃない？　月子も和馬くんも不安を抱えてるんだし」

浅岡さんが笑って「俺は琴絵が喧嘩腰で不審者にくってかからないか心配だけどね」と付け加えた。確かに、琴絵さんと浅岡さんまで巻き込んでいる状況なのだ。

「月子、そばできみたちを守りたいんだ。不便が多いだろうけれど、安全は保障する」

和馬のマンションのセキュリティは万全だ。それに、保育園が病院内なら和馬がいつもそばにいる。なにかあった時でも対処しやすいのではないだろうか。

「……わかった。だけど、この状況が続くなら私があなたのお父さんのところに怒鳴り込むことになるから……」

「そうならないように俺が責任を持つし、月子たちの平穏な生活を取り戻せるようにする」

和馬は真剣な顔で頷いた。

この忙しい最中に引っ越しというのはあまりに大変だ。一時的な同居なので、ほとんどの荷物は持っていかない。最低限の衣類と身の回りのものだけを和馬の車に載せて、赤坂のマンションに移り住んだ。

「はあ」

つい、ため息が漏れた。和馬の部屋に到着し、興味深そうに探検を開始する真優紀を見張りながら荷解きをしているところだ。

部屋は綺麗に片付いていて、私たちを迎えるために和馬が努力したのが見てとれた。

私と真優紀のために一室空けてくれていて、そこにマットレスと布団を敷いた。

「嫌になっちゃうよな。本当にごめん」

「ううん、もう決めたことだから。私は真優紀を守るために、和馬が提示した選択肢に乗ったんだよ」

冷たく響いてしまう言葉に後ろめたさを感じつつ、ふと見ると和馬が優しく微笑んでいた。目線の先には、よちよちと室内を探検する真優紀。危険がないか見張りながら、あどけない行動から目が離せないのだろう。

真優紀の成長は、和馬と出会って五カ月だけでかなり大きい。娘の成長を間近で見られるのは、和馬にとっては嬉しいだろう。

するとと和馬が私の方を見た。

「月子、夕食どうしようか」

「作る。キッチン借りるから」

「材料、行ってくれれば買い出しに行ってくるよ」

「真優紀を見ててくれるなら、私が行く」

和馬と付き合っていた時代、利用した近くのスーパーもドラッグストアもコンビニも覚えている。

「前に使ってたスーパー、もう閉店しちゃったんだ」

「え、そうなの？」

「ああ。その近くに別の系列のスーパーができたから、今日は俺が買い物に行ってくるよ」

「あ、ありがとう……」

出かけていく和馬を見て、私はふうと息をついた。和馬の部屋からは都心の街並みがよく見える。真優紀を抱き上げ、窓辺に歩み寄った。

「真優紀、綺麗だね」

夕日が街を照らし、空をオレンジに染める。薄暗くなった空には月がうっすら浮かんでいた。

「ママね、夜の空を撮影するのが好きだったんだ」

「まま？」

真優紀が私の顔をぺたぺた触ってくすぐったい。

「いつか真優紀とも写真を撮りに出かけたいな」

その時、和馬はどこにいるだろう。どこにいてほしいと私は思っているのだろう。

答えが出ていない。

和馬との同居生活は平和に始まった。真優紀を預けるため、病院に登録に出かけた時は、事実婚の妻と名乗るのが恥ずかしかった。和馬は気にしなくていいと言ったけれど、同僚たちに和馬の悪い噂が立たないといいと思う。

保育室には十五人ほどの幼児がいた。赤ちゃんが多く、真優紀より小さな子が半数以上。あくまで一時預かり的な施設なので、一般的な保育園が決まればそちらへ移る子が多いため、子どもの数は流動的らしい。

真優紀の送り迎えはお互いの勤務に合わせた。送りはほとんど和馬が行い、迎えは私。夜勤明けの日は無理せずに一度帰宅して休んでと和馬には伝えた。寝不足でパワフルな子どもを見るのは無理があるからだ。

真優紀が案外あっさり施設に馴染んだのが幸いだった。和馬が朝預ける時はぐずりもせずに手を振るらしい。

一方で、保育室の先生たちに言われたのか、わずか数日で真優紀は和馬のことを「パパ」と呼ぶようになった。送りのたび、「パパに行ってらっしゃいしようね」と言われていれば、真優紀も認識するだろう。

真優紀に呼ばれるたび、和馬は幸せそうに返事をする。きっと、和馬だってずっとそう呼ばれたかったのだ。真優紀にそう教えてこなかったことを後ろめたく、申し訳なく思った。

私たち三人の生活は想像よりずっと快適だった。掃除や洗濯はできる方がやり、食事の仕度も無理な時はスーパーやお弁当屋さんのお惣菜に頼った。真優紀の分だけ、下ごしらえ済みの野菜や肉を冷凍しておく。解凍して薄い味付けやとろみをつけて、ごはんやうどんにのせれば真優紀のごはんは完成で、和馬にも調理ができた。

「結構、うまくいってると思わない？」

同居一週間目に和馬がにっと笑って言った。真優紀が寝てしまった後、リビングでふたり、少しだけビールを飲んでいた。真優紀が卒乳したのは数カ月前とはいえ、琴絵さんが下戸なのであまり飲む機会がなかったのだ。

「月子は俺との生活じゃ、不安だったかもしれないけど、家事も育児もまあまあだろう？」

「今は和馬が気を張ってるからよ。そのうち、無理がくるんじゃゃない？」

「育児って大変だもんな。真優紀ひとりでてんてこまいだよ。でも、この半年で少しだけ父親に近付けたかなって自負もある」

真優紀と出会って、和馬は本当に努力していた。真優紀の警戒心を解くために、時間をかけて距離を詰め、小さな娘の信頼を勝ち取った。

「和馬は、きっといいパパになるよ」

和馬がジッとこちらを見た。私の言葉は本当に不意に口をついて出たことで、言ってから狼狽してしまった。

「真優紀のいいパパになれるかな」

「一般論としてのいいパパ。真優紀のパパにするなんて言ってません」

「月子のいい夫には？」

和馬の手が私の手に触れる。どきんとして、手を引っ込めた。和馬は苦笑いだ。

「ごめん、急に触って」

「別に気にしないけど」

「それなら、少しだけ手を繋がせて」

気にしないと言ってしまったのは私だ。今日は墓穴を掘ってばかりいる。

おずおずと右手を差し出すと和馬が大事そうに両手で包んだ。

「綺麗な手」

「普通だよ」

「この手がごつい一眼レフカメラを持つのがカッコいいと思った」

和馬が静かな口調で言った。昔を思い出すように細められた瞳。

「きみの撮る夜の風景が好きだったよ」

「……もう何年も撮ってない」

ふっと微笑み、和馬が私の手の甲を撫でた。

「今の月子は、スマホは頻繁に構えてるよ。アルバムが真優紀だらけだものね」

「和馬のスマホだって、真優紀の写真だらけじゃない。知ってるよ」

「はは、成長の瞬間を逃したくなくて」

その笑顔につられて、私も笑った。

「月子、いつかまた写真撮影の趣味を復活させようよ。今は忙しくてなかなかできないかもしれないけど」

「夫婦の老後の趣味みたいな言い方しないで。私は和馬とよりを戻すとは言ってない」

拒否の言葉は以前より力をなくしている。別れた経緯の真実を和馬は知っているし、今、よりを戻すことに対する不安があることも伝えてある。

伝えていないのは私の本当の気持ちだけ……。

「俺はいつまでだって待てるよ。愛を試されてるみたいで燃えるしね」

「まったくもう……」

「なんとでも。好きだよ、月子」

そう言って、和馬は私の右手の甲にキスを落とした。騎士が忠誠を誓うような所作に、不覚にも胸が高鳴っていた。

翌日のことだ。

私は例のプロジェクトに従事しているので、それなりに業務が多い。ミーティングも頻繁で、さらに時短勤務の間に仕事を進めたいと思うと常にフル回転で働いている。

「月子先輩、お昼くらいは外に出ましょうよ～」

桜田さんは心配して言ってくれるのだが、私にはその暇がない。

「お誘いありがとう。でも、この時間にメールの返信しちゃいたいから」

「やっぱりオーバーワークになってると思うんです。無理せずにできないことは他に回しちゃった方がいいですって」

「かなり回させてもらってるから、大丈夫」

この仕事を成功させたいのだ。小さい子どもを抱える社員のモデルケースとして加えられたプロジェクト。だけど、私は自分にできることを果たしたい。自分で自分の力を信じたい。

「それじゃあ、お土産買ってきます！　会社の近くにドーナツ店できたでしょう。ほら、アメリカから初上陸の」

「ああ、行列できてるところ？」

「そこでお土産のドーナツ買ってきます！」

「え！　並んでたら、桜田さんがお昼食べ損ねちゃうよ？」

桜田さんはふふっと悪い顔で微笑む。

「大丈夫です。私のお昼はあの店のドーナツを四つって決めてるんです」

どうやら、自分のランチのついでに買ってくれるようだ。しかし、ドーナツを四つもお昼ご飯にできるなんて、若さを感じる。

桜田さんが出かけていき、私は朝握ったおにぎりをかじりながらメールを返した。こんぶと甘塩鮭。同じものを和馬にも持たせてある。

（お昼を持たせるなんて、いよいよ夫婦みたいになってきてる）

でも、病院では事実婚の夫婦という設定で……。色々考えて、そんな場合ではないと思考を仕事に戻した。

その時、内線が鳴った。受付からだ。

「はい、武藤です」

『国内特販部の武藤さんにお客様です』

来客の予定はない。嫌な予感がじわじわと背筋を這い上がってきた。二年以上前、こうやって和馬の父親は職場を訪ねてきたのだ。

また、やってきたというのだろうか。いや、それなら直接言いたいことを言ってしまおう。

しかし、私のそんな覚悟は受付の女性の言葉でひっくり返った。

『峯田物産の峯田麗亜様です』

別の意味でぞっとした。


以前、和馬の父親と会った打ち合わせスペースで彼女は待っていた。図らずも同じ席だ。違ったのは私を見つけると立ち上がり、深々とお辞儀をしたことだった。今日は着物ではなく、清楚なワンピース姿だ。

「こんにちは、今日はどういったご用件ですか？」

わざわざ職場でしたい話ではないだろうと想像がついた。早々に話を終えたい。

「武藤月子さん、恐れ入りますがあなたのことは調べさせていただきました。和馬さんの大学の先輩でひとつ年上だそうですね。同じ写真サークルに所属していたとか。交際は約三年前から。一時的に離れたりしたようですけれど、今は事実婚という形を取っていらっしゃるんですね」

和馬の父親もそうだけれど、他人のことを調べるのにためらいがないのだろうか。会社まで押しかける人だ。プライバシーにずかずか踏み込んできている自覚もないのだろう。

そこまで考えてハッとした。私や真優紀の周囲を探っていた人間は本当に和馬の父親だったのだろうか。もしかしてこの女性が手配していた……？

もしそうだとしたら、いっそう警戒した方がいいだろう。

「ええ、そうです。それがなにか」

「私という婚約者がいると知ってのことですか？　和馬さんを不貞行為にそそのかしたと」

麗亜さんは興奮しないように必死に自分を抑えているようだった。私も刺激する気はないが、言いがかりは困る。

「和馬との交際時に、あなたの存在は聞いていませんでした。知らされてからも、和馬はずっと結婚を断り続けていたそうですね。婚約者ですらなかったと」

「話は進んでいたんですわ！　それをあなたが台無しにしたんじゃありませんか！」

激した声に、周囲の打ち合わせスペースからちらりと視線が向けられてきた。私は努めて冷静に答える。

「職場ですので、あまり大きな声はやめていただけませんか？」

「和馬さんを奪って、子どもまで産んでおいて、分別くさいことをおっしゃるのね」

「私と和馬の交際、娘の出産は私たちの問題であなたには関係ありません」

静かに答えながら、この正論の連打が目の前の女性にはおそらく無意味だろうとは感じていた。先日はおっとりしているように見えたけれど、今は明らかに感情優先で動いている。

現に麗亜さんはわなわなと肩を震わせ、ギッと私を睨んだ。

「和馬さんの心から出ていってください」

「身を引けという意味でおっしゃっているなら、ご自分で和馬の心を手に入れる努力をなさるのが先ではないですか？」

「妙齢で低所得のあなたは和馬さんの資産が目当てなのでしょう。弁えなさい」

強い言葉に思わずふふっと笑ってしまった。和馬の父と対峙した時の琴絵さんを思い出す。私も同じ血が流れているのだ。

「お嬢さんの価値観では三十一歳は妙齢のおばさんかもしれませんが、女盛り働き盛りの輝かしい時期ですよ。金銭的にも困ってはおりませんし、あなたが言うほど和馬の資産をアテにはしていません」

怒りで青ざめてすら見える麗亜さんに、私は告げた。

「私は私で自立した人間として和馬を大事に思っています」

麗亜さんががたんと音を立てて立ち上がった。血の気の失せた顔、噛みしめられた下唇から口紅がはげ、目はぎょろぎょろしている。

「あなたがそういう態度なら私にも考えがありますから」

なにをするというのだろうといぶかしく見つめ返すと、彼女はにやっと笑った。初対面時の上品なお嬢様の面影はもうない。

「あなたの小さなお嬢さん……、あの子がいなかったら和馬さんはあなたへの未練を断ち切れるかしら」

ぞわっと全身が総毛だった。怒りと恐怖が全身を包み、私は拳を握っていた。

「脅迫ですか。あの子になにかしようとしたらあなたを許しません」

「あなたが和馬さんと別れれば済むことじゃない！」

「お帰りください」

私は立ち上がり、先に打ち合わせスペースを出た。打ち合わせスペースに隣接したロビーから、エレベーターホールへ向かおうと歩き出す。

「私は本気ですわよ！」

背後で麗亜さんが怒鳴った。なんて、迷惑な人だろう。これ以上騒がれたら困る。

その時、私の横から腕をがしっと掴んだ人がいた。

見れば桜田さんがドーナツの箱を手にし、もう片腕を私の腕に絡めているのだ。

「月子先輩！　お昼にしましょう！」

そう言って桜田さんは、エレベーターホールのさらに奥、階段の方へ私を引っ張っていく。ここまでくれば麗亜さんから私の姿は見えないという位置で、彼女は立ち止まった。

「桜田さん……」

見下ろすと、彼女ははーっと深い息をつき、それからぺこっと頭を下げた。

「ごめんなさい、月子先輩。打ち合わせスペースに月子先輩の姿が見えて、なんかお相手の様子がおかしかったので、近くで待っていました」

おそらく話はいくらか聞こえていただろう。私は苦笑いで嘆息し、こちらからも頭を下げた。

「気遣ってくれて、しかも助けてくれてありがとう」

「いえ！　結果立ち聞きみたいになってしまって……いえ、あんまりお話は聞こえてないと……全部は……」

この様子だと、類推できる程度には聞こえてしまっていただろう。

「ううん、桜田さん。巻き込んでごめんね。少し話をさせて」

話しておくのも責任のうちだ。そう思って、桜田さんに私自身のここ数年の話をした。オフィスではできなかったので、使っていない小会議室でかいつまんで説明した。

真優紀を授かった経緯も、和馬と離れた経緯も。そして彼の父親や元縁談相手が納得していない状況も。

「……娘さんのパパ、あの円城寺先生だったんですね。やだ、私の盲腸のおかげで再会したんですか？」

「そう……なるね。今更だけどありがとう、桜田さん」

「……しかしさっきの女性、ちょっと怖かったですよ。常軌を逸した雰囲気に見えたし、なにかあったらまずいって近くに待機してたんですが、月子先輩の返しが鋭すぎて『オーバーキルだよ〜』って余計心配しちゃいました」

桜田さんの苦笑いに私は慌てた。

「やっぱり返しがきつかった？」

「いえ、カッコよかったです。それでこそ月子先輩です。でも次からは突然ナイフとか出されると困るので、会社に押しかけた時は私を同席させてくださいね」

桜田さんは胸をどんと叩いて、請け合ってくれた。まったく頼りになる後輩だ。

その日の帰り道、警戒はしたけれど麗亜さんの姿はなかった。桜田さんの言う通り、確かに彼女は少々追い詰められた表情をしていた。

真優紀への加害を匂わせたことにも、怒りと不安を覚える。

一方で彼女はおそらく何年も前から和馬との結婚に夢を膨らませてきたのだろう。和馬は結婚する気はないと断り続けていたものの、和馬の父親や彼女の親族は結婚に向けて動き続けていた。思い込みの強そうな女性だったし、結婚できるものだと固く信じてしまっても無理はないのかもしれない。

そこに私と真優紀の存在、そして和馬からの正式な見合いの断り。心の均衡を失っている可能性もある。

真優紀を迎えに行くと、ちょうど和馬も仕事を上がって保育室に迎えに来ているところだった。

「和馬、早かったね」

「今日はシフトの関係でね。その分、朝早かっただろ？」

真優紀を抱き上げ、和馬は私の顔色が悪いことに気付いたようだ。

「月子？　なにかあった？」

「……帰ったら、話そう」

私の暗い表情に、和馬も重々しく頷いた。

「麗亜さんが？」

夕食の準備は置いておいて、まず今日の事件について話した。真優紀は私たちの不穏な空気など関係なく、リビングにしつらえた幼児用の滑り台に夢中だ。

「思いつめてる感じだった。なにより、私が言うことを聞かなければ、真優紀になにをするかわからないってほのめかされた」

「……許せないな」

和馬が拳を握り、チェストの上の車のキーを取る。

「待って、どこへ行くの？」

「峯田家に厳重に抗議をしてくる。月子の職場に押しかけるのも非常識だが、彼女のしていることは脅迫行為だ」

「落ち着いて。そうかもしれないけれど、まだなにか仕掛けられたわけじゃないよ」

和馬の手を抑え、車のキーをそっと取り返す。和馬は一瞬怒りに駆られたことを恥じるようにうつむき、それから言った。

「実は峯田家とのやり取りはすべて終わっているはずなんだ。弁護士を通して、婚約の事実はなかったことを証書に残してあるし、慰謝料も支払ってある」

「慰謝料？　和馬はなにもしていないのに？」

初耳のことに思わず詰問口調になってしまう。

「父がずっと婚儀を進めようとしてきた結果、長く若い女性に気を持たせた状況を作ってしまったのは事実だ。資産家の峯田家に金額の多寡はあまり関係ないだろうが、あちらの親御さんは俺の謝罪を受け入れ、納得してくれた」

「それじゃあ、今日私のところに来たのは麗亜さんの独断？」

「おそらくはそうだろう。彼女の両親はすでに新しい縁談を考えているはずだし、俺より有望な相手は山のようにいるよ」

新しい縁談は、麗亜さんが納得できないのだ。好きな人の心が手に入らないなら、彼女には無価値。だからこそ、自暴自棄な行動に出る可能性もある。

「私の身辺を監視していた人たち、もしかすると麗亜さんが手配したのかもしれない。今、私たちが同居しているのもわかっているんじゃないかな」

私は言い、和馬の顔を見た。

「監視から逃れるために和馬のマンションで同居を始めたけれど、かえって彼女を刺激しているんじゃない？」

「そうならないように、峯田家にもう一度話をつけてくる」

「同居を解消すれば、ひとまず彼女が落ち着くということはない？」

和馬が苛立ったように額に手を当て、うつむいた。

「そうやって彼女の機嫌を取り続けるのか？　そのうち彼女をおとなしくさせるために、俺と彼女の交際を勧めるようになるのか？　きみと真優紀の平穏のために……！」

そこまで言って、和馬はハッと顔を上げた。その罪悪感に満ちた表情に、私は悲しくなった。

「すまない、月子。そもそも、きみと真優紀の生活を脅かしているのは俺だ。俺の父親と俺の元縁談相手……、俺がきみたちを探し出さなければ、会いに行かなければよかったんだな」

「和馬……」

「月子と真優紀は、琴絵さんや浅岡さんと楽しく暮らしていたのに。……トラブルを持ち込み、月子の心を乱し、真優紀に危険を近付けてしまったのは俺なんだ」

自嘲的に言い、和馬は席を立った。窓辺に行き、外を眺めているのはこちらに顔を向けたくないからかもしれない。

「『月子に好かれるように努力する』だなんて、片腹痛いよな。俺はもう、月子と真優紀には害にしかならないのに……」

和馬は私との別れの原因になったすべてを憎んでいたのだろう。そして、今はその根源にいるのが自分だと考えている。自分さえいなくなればと考えている。

それは私が二年前に陥った感情だ。恋人の父親に否定され、和馬との生活に自信をなくし、いつしか心まで距離ができたように感じた。こんなことになるなら、離れてしまった方がいいと信じるほどに。

「害なんかじゃない。和馬は、私と真優紀にたくさんの気持ちをくれたよ」

私は和馬に歩み寄った。数瞬ためらい、それからそっとその背に身を寄せた。和馬の肩がぴくんと揺れた。

「和馬と別れた時、私も同じように思った。私と出会わなければ、和馬には完璧な未来が用意されていたのにって。その強い気持ちが、別れを後押しした。私さえいなくなればいいって思った」

私にも言いたい気持ちがたくさんある。この後悔を和馬に味わわせたくない。

「相手を想って行動したつもりが、独りよがりの勝手な行動になっているのはよくあるんだと思う。あのね、私が二年前和馬から離れたこと、妊娠がわかっても言わなかったことは間違った選択だった。ごめんなさい」

和馬の前に回り込んだ。気付けば足元には真優紀が来ていて、私と和馬の足につかまり、ジッと見上げていた。

真優紀に背中を押されるような気持ちで私は言った。

「和馬、あなたを変わらず愛してる」

「月子……」

「もう別れたのだから、近付いてはいけない。別々に生きるべきだと思っていた。だけど、この気持ちは捨てられなかった。あなたが望んでくれるなら、あなたと真優紀と三人で生きていきたい」

和馬の腕が私を引き寄せ、力強く抱きしめた。

「月子……、俺をきみの夫にしてくれるのか？　真優紀の父親にしてくれるのか？」

「ええ。もう強がったりしない。不安になったりしない。あなたが必要なの」

和馬の背に腕を回すと安堵で涙が出てきた。足元で真優紀が「らっこー、らっこー」と抱っこをせがむので、私も和馬も泣き笑いの顔で抱擁を一時解いた。膝をつき、私が真優紀を抱きしめると、その上から和馬が包むように抱きしめてくれた。

「きみに苦労ばかりかけているのに、本当にいいのか？」

「もう逃げない。身を引いたりなんかしない。一緒に乗り越えるって決めた」

頬を伝う涙に和馬がキスをくれた。優しいあの頃と変わらないキス。

「ありがとう、月子。愛してる」

囁いた声は涙まじりに私の耳に届いた。

私たちはここからもう一度始めよう。恋人ではなく、家族として。

8 この愛を守るために

私たちが家族になろうと決めたことを、琴絵さんと浅岡さんにはすぐに報告した。

ふたりはものすごく喜んでくれた。

「それじゃ、この家にはもう戻ってこないのね」

琴絵さんは三人で暮らした古い家を見回し、少しだけ寂しそうに微笑んだ。

「ううん、一度こちらに戻ってこようと思うんだ」

私は言い、和馬を見上げて「ね」と微笑む。真優紀を膝にのせ、和馬が口を開いた。

「月子と真優紀を監視していた人間はうちの父ではなく、元縁談相手である可能性が高くなってきました。あちらの家には抗議の連絡をしてありますので、皆さんの生活に不快なことはなくなると思います」

先日、麗亜さんが訪ねてきた件は、和馬の口から峯田家に伝えられた。案の定、あちらの親御さんはなにも知らなかったようで、麗亜さんになにもさせないように見張ると約束をしたそうだ。峯田家からすれば、謝罪と慰謝料を持って手打ちにした件を、自分たちで蒸し返してしまったようなもの。

「でも、復縁したなら一緒に住みたいだろう」

浅岡さんに言われ、私は照れ笑いしながら答えた。

「今は私が大きなプロジェクトに時間を取られていて、引っ越しや真優紀の転園の手続きが難しいんです。だから、私の仕事が落ち着く秋以降に同居と結婚に向けて動き出そうかと思っています」

「そっか。月子も真優紀も、住所変更に方々出かけなきゃならないのは面倒だし、どうせなら苗字が変わるタイミングでやりたいよね」

「せっかくなので、新居を探そうと思っています」

琴絵さんの言葉に和馬が言った。

「都心は便利ですが、真優紀を育てるならもう少し落ち着いた場所がいいかなと思っています。琴絵さんや浅岡さんとも会いやすいところで家を探そうかと考えているんですが、いかがですか？」

新居を探して三人で移り住もうという案は和馬からで、この先真優紀に弟妹ができたらあのマンションでは手狭だと思ったようだ。

「わあ、私たちは嬉しいよ。でも、和馬くんはお仕事に間に合うの？　急な呼び出しもあるんでしょう？」

「相当人が足りない時くらいですし、呼び出されて一時間以内にセンターに入れる立地を選ぶつもりです。それに、俺の先輩たちも結婚すると病院から離れた地域に家を買うケースが多いですね」

「そうかあ」

琴絵さんは頷き、私は彼女に向かって言った。

「琴絵さん、今まで家賃を折半してきたけれど、ひとりでここに住むのは大変でしょう。私が家を出るということは、琴絵さんも引っ越しが必要になると思うの」

「今すぐ引っ越さないっていうのは私への気遣いでもあったんだね。本当に月子は、子どもの頃からそういうところがある」

そう言って琴絵さんが浅岡さんをちらっと見た。

「いい機会だし、私らも同居しようか」

琴絵さんを見下ろす浅岡さんの目が丸くなった。

「いいのかい？　琴絵は同居しない方がいい距離でいられるって言ってただろう」

「私もアラフィフだし、創も一昨年お母さんを亡くしてからひとり暮らしでしょ。老後のことを考えるってのは気が早いけど、お互いの体調になにかあった時に近くにいた方が気付きやすいかなって思うのよ」

おそらく琴絵さんの希望でふたりは同居していなかったのだ。琴絵さんは浅岡さんには『いい距離でいたい』と説明したようだけれど、私と真優紀のことは枷になっていたに違いない。やはり、私と真優紀が琴絵さんの人生の道を変えてしまったのだ。

すると、琴絵さんがくるんと私に首をめぐらせた。

「言っておくけど、月子のために創と同居しなかったわけじゃないからね。勘違いして、勝手に責任感じないでよ」

「でも、琴絵さんは中学生だった私を育ててくれたし、真優紀のことも一緒に育ててくれた」

「そんなのは創と同居してもできたのよ。でも、月子と真優紀との暮らしを選んだのは私」

浅岡さんが穏やかな笑顔で頷いた。

「俺もそれで納得してきたよ。だから、月子ちゃんたちのことがなくても、琴絵がその気にならなければ同居を俺から言い出す気はなかったんだ。きっかけをくれた月子ちゃんと和馬くんには感謝だよ」

「まだふたりには乗り越えなきゃならないこともあるんだろうけれど、ひとまずおめでとうね」

「ありがとう、琴絵さん、浅岡さん」

私と和馬が頭を下げると、真優紀も真似をしてぺこっとお辞儀をした。

五月中に私と真優紀は和馬の家から引き揚げることになった。周囲をうろついている人は琴絵さんが見る限りではもういないそうだ。やはり麗亜さんの手配によるものだったのだろう。

真優紀も一時的にかつての保育園への復帰が決まった。

まず私はプロジェクトに集中。和馬は忙しい中、新居を探してくれる予定だ。そして、少しでもお父さんと対話できるよう工夫してみるとは言っていた。現状、職場に圧力をかけるようなことはされていないようで、和馬は以前と変わらず勤務できている。

琴絵さんたちへの結婚報告の翌日、和馬が私と真優紀をリビングに呼んだ。

「これから兄に連絡をするんだけれど、ビデオ通話にするからふたりとも話してみないか？」

「お兄さんと？　もちろん挨拶したいけど」

「それはよかった。結婚したい人だって話はしているけれど、なかなか会える距離にいないだろう」

和馬のお兄さんの翔馬さんは途上国で医療に従事していると聞いている。

「時差は大丈夫?」

「ルワンダとの時差は七時間かな。あちらでは昼過ぎだよ」

和馬が準備をしている間、真優紀を抱いてそわそわと待つ。和馬がスマホをスタンドに置き、ソファの私たちの隣に座った。

「兄さん、見えるか?」

画面の向こうに男性の姿が映った。明るい髪色とはっきりした笑顔、和馬とは印象ががらっと違う。

《おう、見えるよ。はじめまして、月子さん、真優紀ちゃん。和馬の兄の翔馬です》

陽気な声もクールな和馬とは正反対だ。きょうだいがいない私としては、兄と弟でこれほど雰囲気が違うということに驚いた。

「はじめまして、月子です。ご挨拶が遅くなりまして申し訳ありません」

《いやいや、俺がなかなか帰国しないのが悪いよね》

そう言って翔馬さんは真優紀に向かって手を振った。真優紀は普段スマホを見せていないので、小さな画面の中で動く人に興味津々。手を振られて、思わず身を乗り出し、私が焦る羽目になった。

「兄さん、改めての報告なんだけれど、彼女と結婚するんだ」

和馬が堂々と言った。その横顔は自信に満ちあふれている。

翔馬さんが目を細めた。

《ああ、俺は祝福するよ。親父のせいで引き離されたふたりがようやく家族になれるんだ。兄として嬉しいよ》

そう言って翔馬さんは私に視線を向ける。

《月子さん、和馬や実家の者から話は聞いてる。父のしたことを申し訳なく思っています。それでも、和馬と歩む覚悟を決めてくれてありがとう》

頭を下げられ、私は慌てた。翔馬さんが責任を感じるのは困る。

「いえ、とんでもないです。あの頃は私も勇気が足りなかったんです。再会した和馬さんと、お互い補い合って生きていこうと決めました」

「兄さん、俺たちは父さんに振り回されはしたけれど、別れも復縁も自分たちの意志だと感じていきたい。月子と真優紀となら、どんなことも乗り越えていけると思ったんだ」

和馬が私の肩を抱く。真優紀が私の膝から和馬の膝へ移動していった。

《そうか！　和馬は人当たりはいいけれど、あまり他人に心を開かない子どもだった。そんなおまえを変えてくれたのが月子さんなんだな》

翔馬さんの言葉に、涙ぐみそうになっていた。和馬の人生に影響を与えてしまったという気持ちはまだ私の心にある。だけど、それは歪めたり捻じ曲げたりしたのではなく、いい影響もあったのかもしれない。

翔馬さんとはそれから色々な話をした。彼の休憩時間の十数分だったけれど、最後には真優紀と手を振り合った。

《結婚式には必ず行くからな》

そう聞こえて通話は切れた。

「結婚式……かあ。予定はないけれどね」

私がぼそっと言うと、和馬は真優紀を抱き上げながら言う。

「でも、琴絵さんもきっと月子の花嫁姿を見たいんじゃないかな」

「どうかなあ」

「俺は見たいよ、月子のウエディングドレス」

そう言って和馬は微笑む。それから真優紀のお腹に唇をあて、ぶぶぶっと振動させる。真優紀が大きな笑い声をあげた。

「真優紀もかわいいドレスを着てほしいな」

「あーいー」

真優紀はきゃっきゃ笑いながら、和馬の頭にしがみついている。

「結婚式かあ……」

和馬のお父さんを無視する形になるのだろうか。それならやらない方がいいようにも思う。一方で、確かに琴絵さんは私が式をあげたら喜ぶだろう。

「少し考えさせて」

和馬と真優紀の記念になるならとは思うけれど、私自身はどうなのだろう。


翌週の土曜日は和馬の三十一歳の誕生日。この日のお祝いをしてから、もとの家に戻るつもりだったので、三人で出かける予定にしていた。

都内の動物園は、休日ということもあり家族連れで混み合っていた。外国人観光客の姿も多い。ベビーカーと抱っこ紐を用意しているけれど、真優紀はぱたぱたと走っていってしまう。一歳半、運動神経がぐっと発達したように思う。

「待って、待って」

私は追いかけて真優紀を捕まえる。しかし、真優紀は「やっ！」と腕を振り払い、人込みを縫うように走っていく。

「もう、あの子ときたら公園と同じ気持ちね」

「真優紀の視界じゃ、動物が見えないからなあ。抱っこして見せてあげたいんだけど」

動物園に入った瞬間から、真優紀は運動場だと思っているようでひたすら走り回っている。

「前、水族館に行った時は落ち着いて見ていられたんだけど、考えてみたらまだやっと一歳の頃だったもんね。走り回れたらそっちの方が楽しいのかな」

「よし、真優紀に動物園の楽しさを教えよう」

和馬はそう言って、駆け回る真優紀をさっと捕まえる。

「やーら！　やー！」

手足を振り回して暴れる真優紀をしばらく空いた場所であやす和馬。真優紀が駆け回るよりパパの方がいいぞという顔になったところで、近くの虎のケージに近寄った。

強化ガラスの向こう、茂みの中で虎が寝ている。

「真優紀、虎だよ。見えるかな」

真優紀はジッとケージの中を見る。すると、虎がぱちりと目を開けた。のっそりと起き上がった瞬間、近くの子どもたちが歓声をあげ、真優紀もつられて「あー！」と叫んだ。

虎を指さしているので、一応動物の動きに反応しているのだろう。

虎はのしのしと子どもたちの前を歩いていき、開けたところに置かれた餌の肉をかじりだした。

「ごはんみたいだね」

「ごあん」

「そう、美味しい美味しいって食べてるよ」

そんなふたりに私はカメラを向けた。和馬から借りた一眼レフカメラ。和馬の三十一歳の誕生日記念にたくさん撮影しておくのだ。

私のものは家にしまってあるので、和馬が自分のカメラを引っ張り出してくれた。久しぶりに手にするずっしり重たい感触に、懐かしさと嬉しさが込み上げてくる。

「真優紀、ママの方見てごらん。ママがカメラでカシャってしてくれるよ」

「まーまー!」

真優紀が和馬の腕の中で手を振り、和馬が笑う。

シャッターを切りながら、改めてふたりが親子なんだなと感じた。生まれたばかりの頃は私に似ていると思っていた真優紀だけれど、和馬と並んだ笑顔はそっくりだもの。

「真優紀、和馬、もっとくっついて」

滲んできた涙をそっと拭いたのは、ファインダーが見えなくならないようにだった。

動物園を歩き回り、写真を撮り、お昼を食べると真優紀はぐっすりと眠りこけてしまった。はしゃぎすぎたのだろう。動物園はまだ半分ほどしか回れていないけれど、ベビーカーで寝息を立てる真優紀に起きる気配はない。

「真優紀は夢の中、ここからはふたりで動物園デートだ」

和馬がベビーカーを押しながら言う。

「付き合っていた時、動物園は来たことがなかったね」

「ああ、そうだね。写真を撮りに行ったこともなかった」

「和馬も私も、自分の仕事に一生懸命すぎた。それはそれでよかったと思うけれど、もっとできたことがあったなあって思う」

真優紀が生まれ、私はどうしてもひとりだった頃のようには働けない。周囲が理解を示してくれても、私の心があの頃とは違う。

和馬も、真優紀の存在を知り、おそらくは大幅に働き方を見直してくれているのだろう。そうでなければ、あんなに頻繁に私たちのもとへ通えないはずだ。

「多分、同じことを考えてると思うけどさ」

和馬が私の顔にかかった髪をそっと除け、微笑む。

「できなかったことは真優紀と三人で叶えていこうよ。俺たちは、きっとそういう風に暮らしていけると思う」

「うん。私たち、恋人としてうまくできなかった部分も、親として家族としてうまくできるようになるかな」

私が言うと和馬が私の頭を抱き寄せた。

「恋人としても、うまくいくよ」

「和馬」

包容力のある言葉も態度も温かい。和馬は私に安心をくれる。あの頃よりずっと強い安心だ。

「俺、自分の誕生日って好きなんだ。今日から十月まで、月子と同い年だからね」

「すぐに十月よ。先に三十二歳になります」

「何度もこうやって、追いついて先に行って……ってやっていきたいね」

「うん、そうね」

さわやかな五月の風に吹かれながら、私たちは飽きることなく歩き続けた。動物たちをくまなく見る頃に真優紀は起き出したけれど、少し遊ぶとまた眠ってしまった。初めての動物園は、おそらく真優紀にとって大満足だっただろう。

その晩は和馬のために料理の腕をふるった。明日には私と真優紀はもとの家に戻る。同居までの数カ月間、会えないわけではないけれど、今のようにずっと一緒にはいられない。

その分、今夜は家族三人で和馬の誕生日を祝いたかった。

「月子、一日歩き回って疲れてるだろ。張り切りすぎないでくれよ」

「大丈夫。買い物は事前にしてあるしね」

そう言って私はくるりと振り向く。真優紀を抱っこしている和馬をびしっと指さして忠告。

「今日のメニューはそのまま作り置きメニューになってるから。冷蔵庫のものは一週間以内、冷凍庫のものは一カ月以内に食べきってね」

「はは……コンビニごはんばかりはやめろってことだね」

「そう！　白いご飯も冷凍しておくから」

和馬が「はい」と観念したように返事した。

一度離れて暮らすというのを決めたのは私だ。琴絵さんとのこと、真優紀の環境、私自身の気持ち。すべてが大事だから、このままなし崩しに同居し円城寺姓になるのではなく、新しい形で家族を始めたかった。

やっと気持ちが通じた私と和馬には寂しいことだけれど、けじめでもある。

覚悟を持って家族になるため、身辺を整理し、新しい場所でスタートするのだ。

カレーにハンバーグ、餃子にローストチキン。細々したお惣菜の数々。そして四号の小さめホールケーキ。ずらりと食卓に並べると真優紀が早くも席に着こうとぱたぱた駆け寄ってきた。ちなみに私の料理中に和馬と真優紀はお風呂を済ませてくれている。

「和馬の好きなもの、もっと作りたかったんだけど、真優紀が寝ちゃいそうだしね」

「いや、充分すぎるよ。ありがとう、月子。こんな誕生日いつ以来かな」

和馬が目を細める。私たちが付き合っていた期間はたった七カ月ちょっと。和馬の誕生日を祝うことはできなかった。だからこそ、今日はしっかりお祝いをしたかったのだ。

「さあ、食べましょう。真優紀もたくさん食べようね」

「たらきまーしゅ」

真優紀は椅子に座るなりぱちんと手を合わせて挨拶をした。

三人でお腹いっぱいになるまで食べた。ケーキにろうそくをともすと、保育園で見たのか真優紀が吹き消そうとする。慌てて和馬が一緒に吹き消した。

眠くなった真優紀を和馬が寝かしつけている間に、私は洗い物を済ませ、ふたり分のコーヒーを淹れた。戻ってきた和馬が席に着いて、微笑んだ。

「あっという間に寝ちゃったよ。やっぱり遊び疲れたんだな」

「たくさん走ったもんね、真優紀」

私も向かいの席に腰かけた。窓の向こうには見慣れた夜景が光っている。ほんのひと月少々の同居だったけれど、付き合っていた時間より濃い時間を過ごした同居生活だった。

家族として初めての時間。これがあと数カ月後には新しい生活になる。

「この部屋の夜景も見納めだね」

「月子が言わなければ、俺はあんまり夜景を眺めたりしなかったよ」

「和馬は忙しくて余裕がなかったんだよ。……本当のことを言うと、最初はこの夜景を見るたびに、自分が身の丈に合わない恋をしている気分になった」

「身の丈?」

言うつもりのない思い出だった。だけど、この機会を逃したら消えていくだろう記憶だ。勇気のなかった頃の私。

「和馬は大病院の跡継ぎ。私は庶民。生活レベルも生きてきた世界も違うのに、幸せになんてなれるのかなって」

「月子が思うほど、世界に差なんてないよ」

「だけど、実際にあなたのお父さんに別れろって言われて、その方がいいって思えるくらい私には大きな問題に思えたんだ」

私は夜景から和馬に視線を戻す。

「もう、そんな風には思わない。和馬と真優紀と三人で生きていく場所が私の世界だって思えるから」

和馬のダークブラウンの瞳がジッと私を見ている。大学時代の面影を残した優しい瞳。私の大好きな色。

「和馬、大好き」

立ち上がり、私は和馬の横に立った。和馬が私を見上げる格好になる。

「もしよければなんだけど……」

だ。

「なに?」

言い淀む私を優しく促し、和馬も立ち上がった。大きな手が私の両手を優しく包ん

「今夜、和馬のものになりたい」

和馬の瞳がわずかに大きくなった。それからゆっくりと愛おしそうに細められる。

手のひらがひたりと私の頬に押し当てられた。

「いいのか?」

私は微かに頷いた。気持ちを伝え合い、再出発を決めたけれど、私たちはまだ身体

を重ねていない。最後に抱き合ったのはおそらく真優紀を授かった夜だろう。

「和馬が嫌じゃなければ」

「嫌なわけがないだろう」

言葉が終わるか終わらないかのうちに唇が重なっていた。

和馬の力強い腕が私の腰を抱き、大きな手が私の髪を梳いて顔の角度を変える。キ

スが深くなる。

「月子が好きだ。だけど、無理強いしたくなかった」

唇をわずかに離し、囁くように和馬が言う。ダークブラウンの瞳には情熱がともっ

ていた。

「和馬は優しいから私が誘わないとダメかなって思ってた」

私が照れ笑いしながら言うと、力いっぱい抱きしめられた。強い抱擁に、激しい愛を感じる。

「ん……和馬。苦しいよ」

「ごめん。今まで我慢してきた気持ちがあふれそうで」

「全部受け止めるから」

和馬の顔を両手で包み、少しだけ背伸びをして、今度は私からキスをした。

何度もキスを繰り返すうち、お互いの身体が熱を帯びていくのがわかる。もっと欲しくてたまらない。和馬の瞳がそう言っているし、きっと私も同じ目をしているだろう。

「月子」

手を引かれ、和馬の寝室へ向かった。ベッドにもつれるように倒れ込み、服を脱がせ合った。触れられたところがしびれるほどに熱い。

「和馬、愛してる」

「俺だって愛してるよ」

私の肌に赤い痕を残し、和馬が囁いた。

「俺がどれだけ月子に惚れていたか、きみの身体にも思い出してもらうから」

翌日の午前中、わずかながら増えた荷物とともに私と真優紀はもとの家に戻った。

和馬と別れる時、真優紀はしばらく会えないとは思わなかったようで、泣きもせずに手を振っていた。

「真優紀、パパとはまた会えるからね」

私は真優紀と一緒に和馬の車に手を振りながら言った。

「秋には三人で暮らそうね」

自分を励ましているみたいになってしまったのは、やっぱり私自身が寂しいからだった。

私と真優紀の生活は以前住んでいた街で平穏に再開した。琴絵さんの言う通り、あからさまに見張っているような人はいなくなり、それだけで日常のストレスがなくなった。

真優紀の保育園には、秋頃の退園を伝えてある。真優紀が生後半年の頃からお世話になり、今回の復帰も融通してくれた園なので、感謝の気持ちでいっぱいだ。

一方で、引っ越す地域が決まったらすぐに保育園探しを始めないといけない。中途半端な時期なので、入れる園を探すのは大変だろう。

例のプロジェクトも佳境に入り、毎日目が回りそうに忙しい。だけど先の目標がある。明るい未来がある。そう思うと力が湧いてくるのだ。

季節が変わり、七月がやってきた。連日猛暑日が続き、真優紀の送り迎えだけで汗だくという状況だ。プロジェクトの事業は最終段階で、私たち特販部の仕事は七月末で完遂。イベント自体が八月末なので、プロジェクトチーム自体の解体は八月と聞いているけれど、私の多忙な日々はひとまずあと少しで終わる。

真優紀のお迎えを琴絵さんに頼んだり、和馬が遊びに来ても帰宅が遅かったりという日々が終わるのだ。

和馬は新居の候補地を絞ってくれているし、手が空いたら急いであたりをつけていた保育園の見学に行こう。頭の中ではすでに色々と考え、動き出そうとしている。

「まっまー！」

真優紀がベビーカーから大声で呼ぶ。

「はあい、なにかな？　暑い？」

夕方のお迎え時でもまだ気温は下がっていない。私も真優紀も汗だくだ。朝はベビーカーに保冷剤を仕込んでいくけれど、夕方のお迎え時には保冷剤の準備ができない。直射日光があたる時間帯でないのが幸いとはいえ、暑いものは暑い。そして真優紀は意見の表明に言葉が足りないので、だいたい『ママ』か『いや』なのである。

「お夕飯の材料は琴絵おばちゃんが買ってくれてるから、真優紀とママは急いで帰って冷たい麦茶を飲もうね」

「ねー」

真優紀が返事をし、信号機を指さす。交差点の歩行者信号が青になったのだ。歩き出そうとした時、横から中年の女性が声をかけてきた。

「あの、すみません。ここに行きたいんですけれど、これは駅の反対側でしょうか」

歩みを止めるように、スマホを目の前に差し出して見せてくる。急いでいると断りづらい勢いで、私はつい足を止め、画面を覗き込む格好になってしまった。

「ええと、ここは」

引っ越してきて数年。真優紀と散歩はするので土地鑑はあるけれど、指し示すビルの名前まで覚えていない。女性が持つスマホが安定しないので、地図をよく見るために受け取った。

「あ、わかりました。駅の反対側で、一階に整骨院が入っているところですね」

「反対側……。駅の中を抜けていくのが近いのかしら」

「あとはぐるっと回った左の道に踏切があるのでそちらからでも近いですよ」

私はスマホを女性に返し、駅を振り返るように上半身をねじり、道を指し示した。

その瞬間だ。ベビーカーのハンドルが私の左手から奪われた。私の死角から走ってきた何者かがタックルするようにベビーカーを奪ったのだ。青信号が点滅する交差点にベビーカーごと躍り出ると一目散に走っていく。

「真優紀!!」

すさまじい恐怖を覚え、私は叫んだ。

9　私の闘い

青信号の点滅が終わるなどと考えている余裕はなかった。真優紀のベビーカーを連れ去った人物が雑踏に消える前に捕まえなければならない。

「真優紀！　真優紀ー!!」

私は叫び、横断歩道に飛び出した。人と人の間に犯人の背中が見えなくなる。

「その人を止めて！　誰か！　ベビーカーの人を止めて！　私の娘がいるんです！」

叫びながら走った。歩行者信号が赤信号に変わる中、クラクションを鳴らされ、頭を下げる余裕もない。どうにか渡り終えたところで衝撃的な光景を目にし、息が止まりそうになった。

ベビーカーが転倒している。横にはジーンズにフードを被った犯人が足を抱えて呻いていた。どうやら、つまずいて真優紀もろとも転倒したようだ。

「真優紀！」

ベビーカーを助け起こそうと駆け寄る私の足を犯人が掴んだ。体重をかけて引っ張られ、私はその場に勢いよく膝をつく。痛みを感じたものの、それどころではない。

「離して！」

腕を振り払おうとした瞬間、相手が私の顔を思い切りひっかいた。それでようやくフードの中の顔が見えた。

峯田麗亜さん。

その名を呼んで問いただすより先に、相手を振りほどき、私は今度こそベビーカーに駆け寄った。

真優紀はシートベルトをしていたおかげで、ベビーカーから落ちていなかった。右手の甲を擦りむいたようで血が滲んでいる。他に目立った傷はなさそうだ。

「ああ……真優紀！」

驚きすぎて放心状態になっている真優紀は私を見て、ぶるぶると表情を揺り動かし、それから大声で泣き始めた。

周囲の人が手を貸してくれ、ベビーカーを起こして真優紀を抱き上げる。やっとこの腕に抱くことができ、今頃になって恐怖と安堵の入り混じった涙があふれてきた。

「大丈夫ですか？」

「血を拭いてください。ウェットティッシュです」

「今、警察が来ますよ」

そう声をかけられハッと見れば、麗亜さんの周囲を通行人が檻のように取り囲んでいた。

夏の夕暮れ時の事件は、目撃者が多くいた。麗亜さんは逃げようとしたのかもしれないが、今はもう果たせず、地面に座り込んで人と人の間から私を睨んでいた。その目からは大粒の涙が流れていた。

現場にはすぐに警察官が駆けつけ、私と真優紀は念のため救急車に乗せられ病院へ搬送された。二度目の救急車は娘と乗ることになったが、確かに転倒のシーンを見ていないので、真優紀が頭を打っていないとは言えない。地元の救急病院ですぐに検査してもらえたのはありがたかった。

幸い、私は膝の打撲と擦り傷、顔のひっかき傷だけ。真優紀は脳波なども異常なく、右手の擦り傷を消毒してもらい終わった。

真優紀には怖い思いと痛い思いをさせてしまい、一瞬でも隙を見せた自分が悔しくてならない。同時に、怪我がこの程度で済んだことは奇跡的で、神様がいるとしたらこの点だけは感謝したいと思った。

診察が終わる頃には、和馬と琴絵さん、浅岡さんが駆けつけてくれた。こちらの状況は細かくメッセージを入れておいたので、私と真優紀が無事なのは三人とも知っている。

それでも、がらんとした暗いロビーにいる私たちの姿を見るなり、和馬は言葉もなく駆け寄ってきて抱きしめた。

「ぱっぱあ！」

眠くてぐずっていた真優紀は和馬の顔を見て声をあげた。そんな真優紀の笑顔に、和馬は胸を痛めているようだった。

「すまない。こんな形で巻き込んでしまうなんて……」

私の肩に顔を埋め、苦しそうに悔やむ和馬。私はその背に腕を回した。

「和馬はあの時、ちゃんと対応してくれたじゃない。予見できなかったよ、こんなこと」

麗亜さんは私に加害を予感させるような物言いをした。だからこそ、和馬は峯田家に再度談判に赴いている。向こうの親御さんは彼女にストーカーまがいの行為はさせないと約束したはずなのだ。

「麗亜さん、どういうつもりであんなこと……」

「今、警察で聴取されてるよ。月子への暴行で逮捕されたから」

和馬が苦々しく言った。

私と真優紀は早々に救急車に乗せられたので、その後の事態はわからなかった。逮捕……そうなってもおかしくないことをしたのは彼女だ。あの場で止められていなかったら、真優紀がどうなっていたかもわからない。

和馬は抱擁を解いて、立ち上がる。表情は沈鬱なままだ。

「警察からの電話によると、月子に道を聞いた女性は、麗亜さんが雇った人間だった。彼女の計画は知らなかったと言っているようだ。おそらく、俺もきみも改めて事情は聴かれるだろう」

「月子」

琴絵さんが私の前に来て、労わるように肩に触れた。泣き出しそうな顔をしている。

「あなたと真優紀が無事でよかった」

「琴絵さん、心配かけてごめんなさい」

「さあ、ひとまず家に戻ろう。月子ちゃんも真優紀ちゃんもくたくただろう」

浅岡さんに促され立ち上がると、エントランスの自動ドアが開くのが見えた。前方からやってくるのは五十代と思しき男女。和馬が表情を変えた。

「峯田さん……」

どうやら麗亜さんの親族……おそらくご両親だ。

ふたりはまっすぐに私の前にやってきて、深々と頭を下げた。

「このたびは娘が誠に申し訳ないことをしました。心よりお詫びします」

「あの……」

なんと返したものかわからない。ただ顔を上げたご両親が憔悴しきった様子なのが気の毒だった。

「麗亜さんの行状については、ご報告とご相談をしたはずですが」

和馬の声は底冷えするほど冷たいものだった。

峯田夫妻は再び頭を下げた。

「言い訳のしようもございません。和馬さんとの縁談がなくなって、不安定ではありましたが、私たちの前ではあんな真似をするようには見えず……」

「どうかお許しください」

奥さんの方がひときわ大きな声をあげた。

「あの子はまだ二十四歳なんです！　娘の未来をこんなことで閉ざしたくないんです！　どうか、お許しください！」

和馬が怒りで拳を握る。普段穏やかな浅岡さんが私たちの代わりと言わんばかりに声を荒らげた。

「あなたたち、なにをおっしゃっているんですか？〝こんなことで〟？　月子ちゃんと真優紀ちゃんは怪我をしているんですよ！　お嬢さんは真優紀ちゃんをさらってどうするつもりだったんですか？」

「そうよ！　私の姪とその娘を害そうとしたお嬢さんの未来を、どうして守ってやらなきゃいけないのよ！」

琴絵さんが怒鳴る。怒りすぎて涙があふれているのが見えた。

奥さんが泣き崩れ、ご主人が支えながら改めて頭を下げた。

「申し訳ありません。言葉を選べず不快な思いをさせました。ですが、どうか……どうか穏便にお済ませいただくことはできませんでしょうか。娘は二度と和馬さんにも、奥様とお嬢様にも近付けません。怪我の治療はもちろん、改めてお詫びのご用意をいたしたく思っております」

「金で解決できることではありません」

和馬が冷え切った声で言った。冷静すぎて怖いくらいの声音だ。

「麗亜さんには相応の罰を受けていただきたい。未成年者誘拐未遂、傷害は刑事罰。民事でも訴えます。私たちに二度と近付く気を起こさないよう、徹底的に闘います」

私は狼狽した。和馬は本気だ。示談の申し出を蹴って、麗亜さんが起訴され裁かれることを望んでいる。琴絵さんと浅岡さんの怒りも後押しするだろう。

「待ってください」

ようやく、私は口を開いた。ここで私が意見しないと、望まない方へ行ってしまう。

「示談を受け入れます」

誰の反論も挟ませないよう、はっきりと言い切った。

峯田夫妻が顔を上げる。

「麗亜さんが追い詰められて、こういった行動に出たことを許すつもりはありません。二度とお会いしたくないと思っています。ですが、これ以上つらい目にあってほしいとも思っていません」

「月子」

和馬が私を呼ぶ声には怒りも憤りもなかった。ただ心配そうだった。

彼はもうわかっているのだ。私がこういう選択をすると。

「私の気持ちはそれだけです。被害届は取り下げます」

「ここからは専門の人たちを挟んでやり取りをしましょう。条件が決まれば、被害届は取り下げます」

峯田夫妻が膝から崩れ落ちそうになりながら、「ありがとうございます」と頭を下げた。

家に戻るとまずは真優紀を寝かせ、それから大人四人でリビングに集まった。

「うちの弁護士に連絡を取った。峯田家の件で以前も世話になっているから、彼の方で話をまとめてもらう。俺も明日、直接会って話してくるよ」

「和馬、ありがとう。あなたをアテにして、あんな風に言ってごめんなさい」

「それはいいんだ……」

和馬は複雑そうな表情。彼の言いたいことを琴絵さんが代弁するかのように口を開いた。

「本当に示談でいいの？　刑事でも民事でも訴えていい状況だし、罰を与えないとまた月子たちにちょっかいを出してくるかもしれないよ」

「事件にしなくても、逮捕歴は残る。それだけで、充分彼女には罰だよ。これ以上は余計に恨みを溜めることになると思う」

「報復が怖いってこと？　こっちこそ、仕返しできるならしてやりたいくらいなのに？」

怒りが収まらない様子の琴絵さんに、私は首を横に振った。

「というより、因果をここで断ち切りたい。私たちがこの件をのみ込むことで、彼女には完全にこちらと決別してもらいたい。この先、なにがあっても真優紀を危険に晒したくないの」

私だって本音を言えば、彼女を許せない。利己的な思い込みで真優紀を傷つけようとしたのだ。あの瞬間の恐怖は私の心に刻まれ、何度も思い出しては背筋を寒くさせるだろう。

だからこそ、私は大人になろうと思う。嫌な気持ちも恨みものみ込んで、この悪い流れを終わらせる。真優紀に二度と手を出さないと誓わせることで、許しを与える。

「禍根を残したくない。すべては真優紀のために」

「……月子の気持ちはわかったよ」

和馬が深く頷いた。きっと和馬は思うところがある。だけど、私の気持ちを尊重してくれたのだろう。

「きみの希望通りになるよう、弁護士に頼む」

「ありがとう、和馬。……それとね、もうひとつお願いがあるの」

和馬と想いを重ね、もう一度歩んでいこうと決めた時から考えていた。その気持ちが、今日の一件で強くなった。

「あなたのお父さんに、改めて会いに行こう」

「月子……、きみが嫌な思いをする」

「それでもいい。お父さんが認めてくれなくても仕方ないと思ってる。それでも、私たちなりに筋を通そう。お父さんと麗亜さんを一緒にするつもりはないけれど、やっぱり禍根を残さないようにしたい」

私たちが勝手に結婚すれば、お父さんは不快な気持ちのまま。仮に絶縁という態度を取っても、いつか真優紀が成長した時に後継の問題を含めて巻き込みたくない。

私の言葉に、琴絵さんが渋い顔で言う。

「月子たちが挨拶をしても、和馬くんのお父さんの気持ちを逆撫でするだけじゃない？」

「いや、一度も挨拶に行っていないなら、改めて挨拶に行くのは意味があるよ。あちらは、挨拶に行きたがっていた月子ちゃんをずっと拒否していたんだろう。形にこだわる人だと思う。それに、ふたりには結婚前の区切りになるんじゃないかな」

浅岡さんが言い、琴絵さんが困惑しつつも頷いた。

「和馬、お願い」

「……わかった。俺から提案すべきことだったんだな。必ず、きみと真優紀を父に会わせる」

和馬はそう言って、私の手に自身の手を重ねた。

二日後、週末に合わせて私たちは和馬の実家にやってきた。

済々会病院は多摩地区にある大きな総合病院で、関連の病院も多くある。和馬の実家自体は八王子《はちおうじ》の静かな地域に立地していた。門構えは立派で、その向こうには大きな邸宅が広大な敷地に悠々とそびえている。

和馬のお父さんは今、この邸宅内にいる。朝、出発前に和馬が電話をした。今日在宅の予定は事前に確認していたようだけれど、アポイントを直前にしたのは拒否を防ぐためだ。

しかし、お父さんは『わかった』とひと言答えただけのようだった。

「和馬です」

和馬がインターホンに向かって名乗った。

出迎えに出てきたのは中年女性のお手伝いさんだ。

「和馬さん、お帰りなさいませ。奥様もお嬢様もようこそおいでくださいました」

お手伝いさんに伴われ、私は真優紀を抱いて邸内に入った。広々とした玄関を抜け、和風建築の邸内の廊下を進む。縁側からは日本庭園が見え、掃除をしているお手伝いさんの姿があるので、この家の使用人はひとりふたりではなさそうだ。和馬がよく『家の者』という表現をしていたのは、この人たちのことだろう。

応接間の洋室で、和馬のお父さんは待っていた。

「突然やってきて、なんだ」

横柄な態度と視線に、緊張感が走る。和馬が口を開いた。

「どうしても会いに来たいと思ったから不意打ちするしかなかった」

和馬の口調も硬い。絶縁寸前だったふたりだ。もしかすると、直接会うのは冬以来なのかもしれない。

「お時間を取っていただきありがとうございます」

私は意を決し、お父さんに対峙した。立ち向かう勇気は和馬と真優紀がくれる。

「今日は結婚のご挨拶に参りました。秋に和馬さんと結婚します」

そう言って私は頭を下げた。和馬が横で頭を下げるのがわかる。

「それを私に言って……どうするつもりだ。私はおまえたちの仲を認めていない」

お父さんは嘲笑めいた口調で言った。

「やっぱり済々会の跡を継ぎたくなって、すり寄りに来たのか？」

「いや、俺は父さんの跡を継ぐ気はない。父さんに挨拶に来たいと言ったのは月子だ」

和馬が言い、私は顔を上げた。

「お話をしたくて参りました。私はもう二度と身を引きません。お父さんが反対するなら納得してもらえるまで努力します」

「私は医者として和馬が都内で活動しづらくすることもできる」

「もしこの先、和馬さんの仕事を妨害するなら闘います」

背筋をのばし、胸を張る。あの日のみ込んだ言葉をすべて言い切ろう。

和馬に愛された私の自信を、私が軽んじてはダメだ。

「和馬さんを幸せにできるのは、世界中で私ひとりだと、一生かけて証明します」

沈黙が流れた。正確には真優紀ひとりが聞き取れない内容のおしゃべりをしている。

お父さんはうつむき加減に黙っていたが、やがてぽつりと口を開いた。

「峯田夫妻から謝罪の連絡をもらっている。……事件の遠因は私にある」

私の頬にも真優紀の手にもまだ絆創膏が貼られている。対面の瞬間からお父さんの視界に入っていただろう。

わずかな間ののち、お父さんが頭を下げた。

「すまなかった。ふたりの怪我、……大事なお嬢さんを怖い目にあわせたことを謝罪する」

「父さん」

和馬の声に被るように真優紀が声をあげた。私の膝からするりと下り、まったく空気を読むことなくお父さんの足元へパタパタと走っていく。

私と和馬が息をのむ中、真優紀はお父さんの顔を下から覗き込んだ。

お父さんが顔を上げた瞬間、真優紀がにこっと笑った。そしてお父さんの膝を手でぱんぱんと叩いた。

「いっよー」

真優紀の行動に私はすぐに合点がいった。保育園でお友達と喧嘩をしてしまった時、仲直りをする光景だ。『ごめんね』と謝れば『いいよ』と返す。まだ真優紀のクラスでは満足に発語できない子も多いし、意味も完全に理解できているかわからない。真優紀とて、上のクラスの子たちの真似で意味がわかっているかは微妙だ。

しかしこの瞬間、真優紀はお父さんの謝罪に反応した。奇跡的なタイミングだったかもしれない。

「お嬢さん……真優紀ちゃんというんだったね」

「あい！」

真優紀が元気に手を上げる。その様子にお父さんが顔を歪めた。片手で隠すように顔を覆い、掠れた言葉が聞こえた。

「月子さん……長らく失礼な物言いを続けたことを申し訳なく思う。きみを否定し、和馬と真優紀ちゃんの幸せを遠ざけたのは私だ。すまなかった」

「お父さん……」

「いつかきみに言われた通りだよ。和馬の人生は和馬のもの。わかっていたのに病院のため、円城寺家のためなら自分のもののように扱っていいと思っていた。和馬の母親が家を出ていったことだって、私のせいだというのに。同じことを繰り返していたよ」

お父さんの膝には真優紀がつかまって、よじ登ろうとしている。困惑するお父さんに私は言った。

「よければ、……抱き上げてやってください」

お父さんに抱き上げられると、真優紀は笑い声をあげた。真優紀は誰にでもなつくわけではない。お父さんと和馬に似たものを感じているのか、不思議と自分から近付き、抱っこされて喜んでいる。

「すべて私が間違えていた」

お父さんは膝の上の真優紀をジッと見つめていた。困ったような、少しだけ嬉しいような。こんな表情をする人だったのだと驚くくらいだ。

「結婚を認める……。いや、私のせいで結婚までの道のりを長くしてしまった。本当は合わせる顔がないのだとわかっている」

和馬は父親の変化に驚き、戸惑っているようだった。長らく平行線だったふたり。感情のもつれがこんな形で解けるとは思わなかったのだ。

もしかするとお父さんは、今日私たちと和解をするために待っていたのかもしれない。素直になれなかった心を溶かしたのは真優紀だ。

「お父さん、ありがとうございます」

私は涙をこらえ、頭を下げた。


帰り道、三人で郊外の大きな公園に寄った。

途中のベーカリーで買ったパンとコーヒー。真優紀のために牛乳。三人で昼食を取るつもりで立ち寄った。

暑い日で、あまり公園に人はいない。木陰のベンチはわずかに涼しい風を感じられた。

真優紀はお日様の下、芝生を駆け回っている。被せた帽子は頭からはずれ、真優紀の後頭部で弾んでいた。大人より地面が近い分暑いはずなのに、走り回れる方が嬉しいようだ。

ようやく和馬が捕まえると、真優紀は楽しそうな叫び声をあげて手足をばたつかせた。

「和馬、今日は連れてきてくれてありがとう」

改めて言うと、和馬が困ったような顔で笑った。

「こちらこそだよ。……父のあんな顔、初めて見た。俺はあの人のこと、結局なにも知らなかったんだな」

「親子って近いようで遠いよね。私も亡くなった両親とは、思春期はこじれていてね。仲がいいとは言えない状態で、突然別れてしまった。それをずっと後悔していたの」

「だから、月子は俺と父を仲違いさせたくなかったんだな。俺はそんな月子の気持ちにずっと甘えていた気がする。今日だって、月子と真優紀が父の心を動かしたんだ」

和馬とお父さんの関係がこれからどう変化していくのか、私にはわからない。ただ、お父さんは自分からは私たちに干渉をしないと言った。これまでのことを後悔しているのだろう。『私が積極的に関わるのはおまえたち夫婦によくない』と。

並んでベンチに腰かけ、手を拭いた真優紀に牛乳のパックを渡す。喉が渇いていたのか真優紀はこくこくと飲んで「おいちい」と笑った。

「お父さんは、今後自分からは連絡をしないし関わろうとしないと言っていたけど、私は季節ごとに挨拶に出かけられたらいいと思ってる。結婚式にも呼びたいよ」

「月子がそう言ってくれるなら、ありがたい。あの人は、自分にはその資格がないと思っているだろうし、俺もまだ複雑な部分はあるから」

家族とて一度できたわだかまりは一朝一夕で消えたりしないだろう。時間とそれぞれの努力が溝を埋めていくことに繋がるのかもしれない。

「真優紀を孫として大事にしてくれるなら嬉しいもの」

お父さんが真優紀を見る目は、戸惑いが大きかったけれど、そこにはちゃんと愛情もあった。あの表情を見る限り、家族の未来は楽観的に考えていいと思えた。

私の手を和馬の両手が包む。ふと感じた硬い感触に、手を握られただけではないと気付く。手のひらを見れば小さな小箱がそこにあった。ベルベットの張られた箱が意味するものは、鈍い私にだってわかる。

「和馬……」

涙がじわっと滲んできた。胸が熱くて苦しくなる。

「やっと渡せる日が来たよ」

和馬がそっと開けた箱の中には、美しくカットされたダイヤモンドのリング。

「月子、結婚してください」

和馬の真摯な瞳が私を捉え、真心のこもったプロポーズは私の心を射貫いた。

「……はい。……結婚します」

声が震え、とうとう涙があふれてしまった私を和馬が抱き寄せる。真優紀が「あー」と声をあげ、私の膝によじ登ろうとする。和馬が片手で抱き上げ、挟む格好で改めて抱きしめてくれた。

「どうしよう、嬉しい」

泣きながら和馬と真優紀を抱きしめると、和馬が私の背を優しくさすった。大丈夫、ここにいると言わんばかりの優しい抱擁。

「俺も嬉しいよ。ようやく、なんの障害もなくきみと真優紀と幸せになれる。長い間、きみに苦労をかけてごめん」

「ううん。和馬、探し出してくれてありがとう。真優紀を産んだことを許してくれてありがとう。変わらず愛してくれてありがとう」

頬と頬を触れ合わせると和馬の頬も熱く濡れていた。

「幸せになろうね」

「ああ」

真優紀が窮屈そうな声をあげたけれど、私と和馬はしばしそうして感慨深い涙を味わった。

10 今度こそきみを離さない

長い夏が終わり秋がやってきた。九月の終わり、私たちは新居に引っ越し、婚姻届を出した。諸々の手続きは煩雑だったけれど、それらを終えてやっと家族になれた時は晴れがましく嬉しい気持ちになった。

新居は和馬の勤務先まで電車で三十分の立地。車でもそうかからず到着でき、深夜など車が少ない時間帯ならもっと早いかもしれない。

琴絵さんが浅岡さんの家に引っ越したので、ふたりの家までは電車でも車でもそう遠くない。ちょっと頑張れば自転車でも行ける範囲なので、琴絵さんは「なにかあったら自転車で駆けつける」と言ってくれている。

中学三年生からずっと一緒に暮らした琴絵さんとの同居解消は、やはりとても寂しく、最後の晩はふたりで泣きながらパーティーをした。私にとってお姉さんでお母さんが琴絵さんだった。真優紀は『こっしゃん、しゅき』と出始めたばかりの二語文で琴絵さんへの気持ちを述べ、余計に琴絵さんを号泣させていたっけ。

和馬のお父さんからは、引っ越しと入籍のお祝いにお金が届いたそうだ。和馬が

『不器用な人だから』と手紙も電話もなかったことに肩を竦めていた。そう言う和馬もまんざらでもなさそうだった。父子関係は少しずつ改善していくだろうか。

峯田麗亜さんの事件は、弁護士を通して示談で決着した。麗亜さんは精神的な療養を兼ねてしばらく海外生活を送るとのことだ。おそらくはご両親が私たち家族に近付けないように配慮したのだろう。彼女への憤りが消えたわけではない。だけど彼女が回復し、いつかこの事件を心から後悔してくれる日がくればいいと願っている。


「さあ、今日からパパとママと真優紀の三人暮らしだよ」

まだ片付かない引っ越し荷物に囲まれ、和馬が張り切った声をあげた。真優紀が「やったー」と声をあげ、その場でジャンプした。

新築戸建ては都内の一般的な住宅からすればかなり広く、子ども部屋や客間など部屋数も充分で立派な家だった。

「真優紀のお部屋に案内してあげようね」

和馬は真優紀を抱き上げて二階へ連れていく。

二階の洋室には真優紀の荷物を入れた。この部屋を使うのはまだ先だろうけれど、真優紀は自分のスペースが嬉しいようだ。ぬいぐるみを段ボールから引っ張り出し、フローリングの床をころころと転がってはしゃいでいる。

「和馬、改めて今日からよろしくね」

「こちらこそ」

和馬はにこっと精悍に笑った。再会して間もなく一年、あの頃よりいっそう包容力が増したように思える。それは私の心が動かされているからなのかな。

「どうした？　月子」

思わず目をそらしてしまい、和馬が腰をかがめて覗き込んでくる。好きだなあと実感したら、まっすぐに顔を見られなくなってしまっただけなのだけれど、恥ずかしいので口に出せない。

「なんでもない」

「それなら、いいよ」

和馬は私の頭を撫で、荷物を片付けに一階に下りていった。

ああ、結婚して家族になって、私はどんどん和馬を好きになっている。昨日よりも今日、今日よりも明日。もっともっと和馬を好きになる。

真優紀の保育園は、新居の最寄り駅近くに見つかった。以前の園より小さいところで、預かりの子どもはゼロ歳児や一歳児が多い。間もなく二歳で幼児に差しかかる真優紀には、いろんなお友達と遊んでほしい。同級生の数が多い公立園にも希望を出し、空き待ちをしながら通わせている。

私は職場に結婚を伝え、通名は今まで通り武藤で通すことにした。

「月子先輩、本名は円城寺月子になったんですね。なんかカッコいい」

ランチタイム、桜田さんがしみじみと言う。彼女にはあれこれ本当にお世話になったので、結婚が決まった時には真っ先に報告していた。

「いまだに変な感じ。真優紀も今まで『武藤真優紀ちゃん』って呼ばれて『はい』って返事してたでしょ。だから、今の園で『円城寺真優紀ちゃん』って呼ばれて変な顔をしてたよ」

「お子さんは順応性高いですし、苗字を意識することも少ないから、あっという間に慣れちゃいそうですよね。あ、でも」

桜田さんがサンドイッチを飲み込んで言った。

「真優紀ちゃん、お習字の時に自分の名前を書くのが大変そうですね。苗字と名前で六文字」

桜田さんの言葉に私は笑った。

「本当だ。画数多いし、バランスも書くスペースの配分も難しいかも。これは将来、真優紀に恨まれそうだわ」

「画数は多くても、ドラマの主人公みたいにカッコいい名前なんで許してもらいましょう。それにこのお顔」

桜田さんは私のスマホ画面を見つめて、写真の真優紀を指し示す。真優紀と和馬の写真を壁紙にしているのだ。

「両親のいいところを全部もらったような美人さん。真優紀ちゃん、月子先輩似だと思ってましたけど、円城寺先生と並ぶと先生にもよく似てますね」

「美人……になるかはわからないけど、最近ぐっと和馬に似てきたなあって思うよ」

「先が楽しみ〜。成長記録を追いたいので定期的に写真を見せてくださいね」

桜田さんがコアなファンみたいなことを言うので、私はまた笑ってしまった。

十月、私の三十二歳の誕生日が近付いてきた。土曜日の昼に琴絵さんが新居に遊びに来た。誕生日プレゼントだと花束とケーキを持って。生憎、和馬は仕事である。

「いい家ねえ。新築でこんな広いところ、この立地で見つけるのは大変だったでしょう」

琴絵さんが室内を見て回りながら言う。

「和馬が見つけてくれたんだ。この先、子どもが増えてもいいようにって空き部屋がふたつもあるの」

「ふふふ、和馬くんらしいね」

「客間にしてあるから、琴絵さんがいつ泊まりに来ても大丈夫だよ」

花束を玄関に飾って戻ってくると、琴絵さんは真優紀と遊んでいる。真優紀がお気に入りの滑り台を滑るところを披露しているのだけれど。

「今日、浅岡さんは仕事なんでしょう」

「うん。あの人、在宅でウェブデザイナーやってるでしょ。たま〜に都心で打ち合わせとか入るんだわ。今日もあっちの都合で、土曜なのに出かけていったよ」

「今度、浅岡さんも一緒に来て。うちの駐車場、詰めれば二台置けるから」

「創も喜ぶよ。真優紀に会いたがってるから。ホント、真優紀のおじいちゃんみたいよ」

「おじいちゃんなんて、若すぎるでしょ」

でも、私たち夫婦と琴絵さんと浅岡さんカップルが真優紀といると、ものすごく若いおじいちゃんおばあちゃんに間違えられたことはあった。浅岡さんが貫禄があるからだと思う。

「私は自分で子どもが欲しいと思ったことはないけど、月子が真優紀を産んでくれたから子育てに参加できた。創もだよ。月子と真優紀には感謝してるんだ。私たちに楽しい経験をさせてくれたんだもの」

「大変なこともたくさん経験させちゃってるけどね」

「それが子育ての醍醐味でしょうよ」

お昼はサンドイッチを作り、ケーキと一緒に楽しんだ。午後は近所を散策しようかと話していた時だ。

琴絵さんのスマホが振動した。手に取り、琴絵さんは首をひねる。

「知らない番号。仕事関係かな」

そう言って出た琴絵さんの表情が凍りついた。

「え……。はい、そうです」

しばし、応答する間、私はなにかが起こったことだけを察していた。おそらくよくないことだ。

電話を切った琴絵さんは真っ青な顔をしていた。

「月子、創が事故にあった」

「え!? 浅岡さんが！」

「仕事相手と歩道で信号待ちをしていたところに、乗用車が突っ込んで……。和馬くんの勤めてる野木坂病院の救命救急センターに搬送されたって」

口調は冷静ではあるけれど、琴絵さんの手は小刻みに震えている。

「琴絵さん、行こう。タクシー手配する」

「月子は、ここに……」

「私も行くよ。家族同然なんだから」

真優紀の荷物をまとめ、抱っこ紐で抱き上げる。真優紀はいつものお出かけだと思っているだろう。琴絵さんを伴いタクシーに乗った。

「電話、警察からだったの？」

「うん、……創のお母さんが亡くなった時に、私たち事実婚の契約書を作っていたから。療養や看護、手術の承諾は私がサインできるように」

備えていたのは幸いだけれど、こんな形で行使することになるとは思わなかっただろう。現時点で、浅岡さんの意識の有無や容体は不明だ。

和馬は高度医療救命センターにいる。浅岡さんが搬送されてきて、身内同然の人だとわかっても、こちらに連絡をするのは医師の立場上できないだろう。なにより、状況が切迫していれば、連絡などという手段を取れない。和馬は救命医なのだ。

野木坂病院の高度医療救命センターには、関係者用の入口がある。そこから入り、受付で名乗った。

「現在、処置中です。奥に待合スペースがございますので、そちらでお待ちください」

ベンチに腰かけると琴絵さんが嘆息した。落ち着こうとしているのが伝わるけれど、依然真っ青な顔のままで表情は硬く凍りついている。私は琴絵さんの手を取った。大丈夫と言いたげに頷く琴絵さんの手を一生懸命撫でた。

私と琴絵さんの脳裏には、十七年前の記憶がよぎっていた。私の両親は事故に巻き込まれて亡くなっている。スリップしたトラックが対向車線をはみ出し、正面衝突だったそうだ。

学校から病院に駆けつけ、混乱して泣く私を琴絵さんが抱きしめた。両親の最期に、私も琴絵さんも間に合わなかった。暗い病院の廊下で、私と琴絵さんは声をあげて泣いたのだ。

あの恐怖と喪失感を二度と味わいたくない。もう私たちから家族を奪わないでほしい。

やがてドアが開き、現れたのは和馬だった。

医師として説明に出てきたのだろう。私たちの前に立ち、真剣な表情で告げる。

「浅岡さんの処置を進めています。左足と腰椎に骨折が見られ、腹腔内に出血が多く、輸血をしながら手術を行いました」

琴絵さんが息を詰めるのがわかった。

「脳や心臓に致命的なダメージは負っていませんが、内臓の状態、出血の状態から予断を許しません。でも……」

和馬は医師の顔から、一瞬家族の顔に戻った。それは苦しそうでもあり、強い決意にも満ちていた。

「必ず……助けます」

おそらく、医師としての和馬はこんな風に言わない。彼は私たちのためにこの言葉を紡いだ。

「和馬くん、お願いします」

琴絵さんが涙をこぼし、頭を下げた。

私は真優紀とともに和馬を見つめる。

「和馬……、頑張って」

「ああ」

和馬はしっかりと頷き、センターの中に戻っていった。

浅岡さんは間もなく集中治療室に移され、琴絵さんはそのまま付き添った。和馬はその晩は帰ってきたけれど、翌日は昼から出勤のところを朝には出かけていった。浅岡さんの容体が気になっているのだろう。私はまとめておいた琴絵さんの荷物を、和馬に託した。

その日の夜、勤務中の和馬から電話があった。

「もしもし」

緊張で心臓が破れそうになりながら電話に出ると、和馬の張りのある声が聞こえてきた。

《月子、浅岡さんの意識が戻った。危険な状態からは脱したと思ってくれていい》

安堵で力が抜けそうになった。滲んできた涙を拭って、私は言う。

「ありがとう、和馬。本当にありがとう」

《浅岡さんの身体と生命力が強かったんだ。琴絵さんからも連絡があると思うよ》

電話を切ると、琴絵さんからのメッセージが入っていた。浅岡さんが目覚めたこと、容体が安定してきたこと……。文字を追うだけで涙がこぼれる。

真優紀が足元で不思議そうに私を見上げている。泣いているのが珍しかったのか、心配したのか。

「真優紀、浅岡のおじさん、目が覚めたって」

抱き上げて語りかけると、真優紀はよくわからないようで「ねー」と相槌のような返事をした。

医師としての和馬をよく知っているつもりだった。だけど、日頃彼がいかに生死の境界に近いところで働いているのかを、本質的には理解できていなかったのかもしれない。

和馬が医師としてひとりの命を救う瞬間を目の当たりにし、改めて畏敬の念に近い感情を覚えた。そして、なにより誇らしかった。

翌日、真優紀を連れて早速病院へお見舞いに出かけた。浅岡さんは一般病棟に移ることができていた。私と真優紀の顔を見て、包帯と絆創膏の隙間の目を優しく細める浅岡さん。

「月子ちゃん、心配かけてごめんね。琴絵を連れてきてくれてありがとう」

話す口ぶりはしっかりしている。琴絵さんがベッドの隣で笑っていた。

「二日前意識不明だった人が、結構元気そうでしょう。お腹の手術の傷は全治一カ月くらいだって。骨折はもう少しかかるみたい」

「内臓が傷ついてるからしばらく絶食なのがつらいよ」

「文句言わないの。命が助かったんだから、退院したら好きなだけ好きなものを食べさせてあげるわよ」

ふたりのやり取りに涙が出そうになった。いつものふたりだ。あのまま失われなくて本当によかった。

「月子ちゃん、和馬くんにお世話になったよ。偶然とはいえ、運び込まれたのが和馬くんの病院でよかった」

「すごい偶然だったわよねえ」

そこにちょうど夜勤を終えた和馬が入室してきた。私たちを見て表情を緩める。

「調子はいかがですか」

「和馬くん、その口調お医者さんみたいよ」

琴絵さんが言い、和馬が笑って「医者なんです」と答えた。浅岡さんが動く右手を上げる。

「おかげ様で、ミイラ男みたいになってる割には快適だよ。和馬くん、本当にありがとう」

「私からもお礼を言うわ。創を助けてくれてありがとう」

和馬は心から嬉しそうに微笑んでいた。その笑顔を見る私も胸がいっぱいになった。私の夫はとても尊い仕事をしているのだと感じた。


浅岡さんをあまり疲れさせられないのと、真優紀がジッとしていないのとで、早々にお見舞いは切り上げて病室を後にした。和馬の車でともに帰路につく。

「和馬、本当にありがとう」

「いつも通り仕事をしたまで……と言いたいけど、俺も正直怖かった。知り合いの処置をしたのは初めてだったからね。当番の外科医にすぐに手術に入ってもらったし、俺も第二執刀医で入ったけど、処置の段階では危ない瞬間があった。回復したのは浅岡さんの力だよ」

運転席でそう言う和馬は、心から安堵した横顔。仕事を終えたこの人の静謐《せいひつ》な横顔を見ていると、不思議な心地だった。命の現場から戻ってきたのだと感じられた。

「今はただただホッとしてる」

「うん」

車はなめらかに幹線道路を進む。ずっと起きていた真優紀がチャイルドシートで寝息を立て始めていた。

「月子、いつか話したけれど、結婚式をやらないか？」

「和馬……どうしたの？」

「先日の父との和解も、今回の浅岡さんの事故も、家族には色々なことがあると感じさせられた。みんなの心に残る記念のイベントは、やれる時にやっておいた方がいいと思うんだ」

確かにその通りだ。みんないつまでも健康でいてくれればいいけれど、私の両親のような事故は起こりうる。

家族みんなの特別な記憶のひとつとして、私と和馬の門出という思い出はあってもいいのかもしれない。

「うん。結婚式しようか。家族だけのささやかな式にしてね。みんなで笑って、写真をたくさん撮って、最高の記念にしよう」

私はそう言って、フロントガラスに映る青い秋の空を眺めた。

「私、しまってある一眼レフを出してくるから、和馬も用意してよ」

「ああ、新郎新婦が写真を撮りまくるっていうのも楽しいよな」

それから和馬は悪戯っぽく口の端を引き上げた。

「そうそう、月子と真優紀にはとびきり綺麗でかわいいドレスを着てもらうよ。俺のためにね」

「和馬もとびきりカッコよくなってくれなきゃダメだよ。私がばっちり撮ってあげる。タキシードがいいなあ。でも、和装も似合いそう」

「着物だと真優紀の世話が大変かもしれないな。待ってくれ、そろそろ真優紀の七五三も考えなきゃいけないんじゃないか？」

「イベント目白押しね」

未来は希望であふれ、楽しいことだらけに違いない。そのひとつひとつを、家族みんなで楽しんでいこう。

私たちのそんな姿を天国の両親も見ていてくれるのではないだろうか。

空気が暖かくなってきた三月のある日、都内のホテルには私たちの親族が集まっていた。

琴絵さんと浅岡さんはふたりともスーツ姿だ。浅岡さんは普段スーツを着ないので、琴絵さんが見立てたと言っていた。

父方も母方も祖父母は高齢で遠方に住んでいるため、今日はお祝いの電報をもらっている。今日の写真をアルバムにして送るつもりだ。

和馬の親族として、お父さんと翔馬さん。翔馬さんは今日のために帰国し、駆けつけてくれた。お父さんはまだ居心地悪そうだったけれど、翔馬さんが明るく挨拶をし、「ほら、親父も」とお父さんを引っ張ってくれるので、仕方ないといった表情で参列してくれている。

長らく連絡を取っていなかったお母さんからも、お祝いの電報をいただいているそうだ。

私と和馬はそれぞれウエディングドレスとタキシードを身にまとい、部屋の中央にいる。和馬の腕の中には真っ白なレースのドレスを着た真優紀。

実は、ドレスも髪飾りのリボンも窮屈だと嫌がったのだけれど、和馬とふたりで『お姫様みたい』と必死に褒めたら着てくれた。最後は鏡の前でくるくる回っていたので気分はすっかりプリンセスといったところだろうか。

「今日は私たちの結婚式に集まっていただきありがとうございます」

和馬の挨拶にそれぞれの家族から拍手が起こる。

小さな小さな家族の挙式は、人前式で行い、写真撮影、食事会という流れだ。これらすべての瞬間で真優紀が全力ではしゃいでいた。

結婚証明書にサインをするというのが誓いの儀式だったのだけれど、真優紀は自分でも書きたがり、私たちのサインの上に黒いペンでぐるぐる円を書いてサインしてくれた。

式場のカメラマンによる集合写真の撮影は、ちっともジッとしていなくて、みんなで何度も「お姫様！」「真優紀姫、こっちへ！」と声をかけながら行った。なお、一度式場の小広間から飛び出し、タキシード姿の和馬が走って捕まえに行った。

食事会は真優紀がお父さんの膝にのりたがった。お父さんが食事できなくなってしまうのでどかそうと思ったけれど、「親父も喜んでるからいいよ」と翔馬さんがあっさり引き受けてくれた。さらには翔馬さんが上手におだてるので、少々ムラ食いの気のある真優紀は出された幼児用のコースメニューをほとんど完食したのだった。これにはみんな驚いてしまった。これらのシーンはみんな私と和馬によって撮影されている。

私たちの結婚式は本当にささやかだったけれど、いい式だった。この先、折に触れて思い出す家族の記憶になったはずだ。

・

式を終え、家に帰り着くと、日はとっぷり暮れていた。

案の定はしゃぎ疲れてお腹もいっぱいの真優紀は、ぐっすり眠ってしまった。ちょっとつついたくらいでは起きないので、お風呂も着替えも明日がよさそうだ。

「和馬、お疲れ様」

「月子も」

ふたりでリビングのソファで乾杯した。お酒は式でそれなりに飲んだので、ジンジャーエールで乾杯だ。

「楽しかったねえ」

「ああ、兄さんが明るいから父さんが気まずくならないで済んでよかったよ」

「むしろ、真優紀がべったりでお父さん疲れたんじゃないかな」

「それもいい思い出になっただろ。写真をたくさん撮ったから、父さんは後々自分がどんな顔で真優紀に接していたか確認するといい」

和馬はそう言って笑い、グラスを置いて伸びをした。仕事の合間に計画を進めた結婚式。私も和馬も疲れていたけれど、達成感を覚えている。

「あ、琴絵さんは大丈夫だったかな。彼女、あまりお酒が強くないだろ？」

琴絵さんは食事会ですっかり酔っ払い、浅岡さんに抱えられてタクシーに乗って帰宅した。なお、秋に事故にあった浅岡さんは後遺症もなく完全復活し、今日の式も万全の状態で参列してくれた。

「琴絵さん、お酒は弱いけど嫌いじゃないのよ。今日は嬉しかったからハメをはずしちゃったんじゃないかな」

「そうか。彼女が楽しく飲んでくれたなら、よかった。浅岡さんが回収していったしね」

「慣れた感じだったたね〜」

不意に和馬が私の髪を撫でた。優しい手つきに私は照れくさくなって微笑む。

「なあに？」

「月子のウエディングドレス姿、すごく綺麗だったな」

「ありがと。和馬もカッコよかったよ。絵本の王子様みたいだった」

「月子と真優紀の王子様になれるなら嬉しいよ」

私は和馬の背に腕を回し、ぽんぽんと叩いた。和馬の腕の中はいつも安心する。ここが私の居場所なのだと実感する。

「もうとっくに私たちの王子様だよ。いつも本当にありがとう。結婚式、できてよかった」

「月子」

和馬が顔の角度を変え、そっと私の唇にキスを落とした。

「なあに？」

「改めて誓わせてほしい。今度こそきみを離さない。一生かけて幸せにする」

「私もそのつもり。離れたりしない。人生の全部をあなたと分かち合っていきたい」

和馬の大きな手が私の頬を撫で、親指が確かめるように唇に触れた。私たちは再びキスを交わし、言葉にする。

「ずっと一緒だ」

「うん、ずっとね」

ゆっくりと春が近付く三月の晩、私たちは新たなスタートを切った。愛を確認し、未来を誓った日。今日を忘れない。

エピローグ

スマホを片手にオフィスのエントランスを出ると、地下鉄の出口から手を繋いで歩いてくるふたりを見つけた。

「ママー！」

元気に手を振るのは真優紀だ。二歳半になり、益々活発な女の子に成長中の愛娘。

私の忘れ物の書類ケースを掲げて見せるのは和馬。

「あ〜！　ふたりともありがとう！　助かったよ！」

駆け寄ってケースを手渡してくれる真優紀を、私はギュッと抱きしめた。

「和馬、ありがとう。ただでさえ、休日出勤で真優紀の面倒を任せてるのに、忘れ物まで届けてもらっちゃって」

真優紀を抱き上げつつお礼を言うと、和馬は優しい笑顔で答える。

「真優紀と散歩しようと思ってたからちょうどいいよ。真優紀、ママに会えてよかったなあ」

「ママ、ちごとね」

真優紀が「えらいえらい」と私の頭を撫でた。娘に褒められるのはまんざらでもない。こんな風にママを労わってくれるようになったのだと成長を感じる。

「ダッシュで仕事を終わらせて、なるべく早く帰るからね」

「それは嬉しいけど、夕飯は俺が作るから気にしなくていいよ」

「本当？　大丈夫？　材料、なにか家にあったっけ」

「大丈夫、帰り道に買い物をするから」

真優紀の面倒を見ながら買い物をし、夕飯を作るのは結構大変なのだ。和馬はよく手伝ってくれるけれど、ワンオペの経験はまだそう多くない。

思わず心配そうな顔をしてしまう私に、和馬が胸を張って請け合った。

「俺に任せなさい。なあ、真優紀」

「ねー」

そう言うならふたりのチームプレイに任せよう。

真優紀をもう一度ギュッと抱きしめてから、和馬の腕に返そうとすると、一瞬和馬が私ごと力強く抱きしめた。休日とはいえ会社の前なので、少々焦ってしまう。

「なあに、和馬。驚いたよ」

抱擁から離れ、ほてる頬を押さえて言うと、和馬が格別に優しく甘い瞳で私を見つめている。

「仕事中の月子は綺麗だなって、思わずね。愛してるよ、月子」

「ふふ、私も愛してる」

書類ケースを手に、名残惜しいけれどふたりから離れる。

「気を付けて帰ってね」

「ああ、月子、仕事頑張って」

仲良く帰路につくふたりの背中を眺めて、私は幸福のため息をついた。

私と和馬の恋は、大学時代にゆっくり始まった。再会し、燃え上がり、様々なことを経て真優紀を授かりつつ離れた。

すれ違い、試練を乗り越え、もう一度家族としてやり直そうと誓った。

遠回りだったかもしれない。だけど、私たちが歩いてきた道は、特別な愛の記憶。

きっと、すべてが必要なことだった。

新しい時間と歴史はここから積み重ねていきたい。和馬と真優紀とともに。


（了）

特別書き下ろし番外編

二十一時半、最近主張が激しい真優紀は、眠りたくないとゴネている。二歳半、所謂イヤイヤ期の真っただ中の俺の娘。

「眠くて仕方ないのに、寝たくないなんて困ったねえ」

月子は慣れた様子で真優紀の背をとんとんと叩いてあやしている。それも嫌がって身をよじる真優紀だけれど、大好きなママの抱っこから下りるのはもっと嫌なので、月子の肩にしがみついている。

「寝かしつけ、代わろうか？」

手を差し出すと、真優紀は「いや！」と怒る。月子が苦笑いで言った。

「和馬は今帰ってきたばかりじゃない。お風呂、入っちゃってよ。私が寝かせてくるから」

「月子も疲れてるだろう」

「今日は私が担当するよ」

月子にしがみついて泣いている真優紀を見ると、寂しいけれど仕方ない。明日になればけろっとして寄ってくるだろう。

「悪い。ありがとう、月子」

「気にしないで。ゆっくり浸かってらっしゃい」

月子に促され、バスルームへ。身体を洗って、湯船に浸かると遠くから月子の歌声が聞こえてきた。真優紀に子守歌を歌っているのかもしれない。

月子の微かな歌声を湯船で聞いていると、疲労が溶けて流れ出るようだった。今日も高度医療救命センターは戦場のように慌ただしかった。

共働きで、お互いにそれなりに仕事は忙しい。真優紀が三歳になれば、月子の時短勤務も終わる。医師という職業だからと家を顧みないでいれば、父親の失敗と同じ轍を踏むだろう。月子とふたり、協力し合って家族を運営していきたい。俺たちに授かったかわいい娘のために、そして他ならぬ愛しい妻のために。

＊

月子との出会いは大学時代にさかのぼる。

写真サークルのひとつ上の先輩が武藤月子だった。俺自身、写真はちょっとした趣味程度で、そこまでのめり込んで活動するつもりはなかった。医学部は多忙なので、学生同士の交流ができる場があればいいという気持ちでサークルに参加したのだ。

『円城寺くんは被写体の切り取り方がうまいよね』

なにげなく撮ったけれど気に入った一枚に、そう声をかけてくれたのが月子だった。綺麗なロングヘア、はっきりした目鼻立ち。華やかな美人なのに、本人は飾り気がなく、いつもアルバイトと学業の両立で忙しそうにしていた。

彼女の撮る夜の景色は、建物も月もすべて温かみがあって好きだった。伝えると困ったような顔をした。それが照れているのだとわかるまでには少し時間がかかった。

『父が残してくれたカメラ、使わないのはもったいない気がして』

彼女が写真を始めたのはそんな理由。彼女の両親がすでに鬼籍に入っているのを聞いたのはまた少し後のことだった。

目を見張るばかりに美しいのに、ひっそり目立たず咲いている花を見つけたような気持ちだった。俺以外の誰も彼女に注目しなければいいのに。そう考えるようになった時には、すでに恋は始まっていたのだと思う。

しかし、気持ちを伝える機会は訪れなかった。お互いの多忙さもあったけれど、気にしっかり者の彼女がいち後輩の男子を恋愛対象に見てくれるか自信がなかった。

しない人も多いだろうが、彼女は俺に対し先輩としてしか接していない。脈があるようには思えなかった。

淡い恋は彼女の卒業で終わりを告げた。

偶然の再会はそれから六年後。彼女の職場の後輩が急性虫垂炎で、俺の勤務先に搬送され、月子は付き添いとして救急車に同乗してきた。

正直、ものすごく驚いた。六年ぶりの月子はすっかり大人の女性になっていて、きりりとした美貌に磨きがかかっていた。仕事中こそ集中していたけれど、勤務が明けると猛烈に彼女に会いたくなった。あの頃、淡く消えてしまったはずの恋が、目に見える場所に浮上してきている。こんなきっかけで連絡をするのはどうかと思いながら、お見舞いに来ていた月子の姿を見かけ、このチャンスを絶対に捕まえようと勇気を振り絞った。

『円城寺くんは大人っぽくなったね』

そう言う月子。あなたの中ではまだ俺は後輩のひとりだろうか。

焦燥とも高揚ともつかない感情のまま、食事に誘った。

大学時代と変わらず叔母さんと住んでいること、恋人が今はいないこと、仕事を頑張っていること。彼女と何度も会ううちに気持ちは募った。

大学時代の淡い気持ちは輪郭を持ち、強い独占欲に成長している。彼女の恋人になりたい。彼女に俺だけを見ていてほしい。ひとりの男として、求められたい。

俺の熱心な好意は、月子に透けていたのだと思う。それでも月子は拒絶することはなかった。

思い切って気持ちを伝え、彼女もまた俺を好きだと言ってくれた時は本当に嬉しかった。

『大学時代、実はきみに惹かれてたの』

六年前に勇気を出して伝えていればよかったと思いながら、改めて再会し惹かれ合えた事実が奇跡のように輝いて見えた。

恋人同士になり、日々はひたすらに幸福だった。いつか彼女と結婚し、家庭を築くというのは、俺の中で疑いようのない未来になっていた。

父にはそれこそ大学時代からいずれは兄か俺に跡を継いでほしいと言われていた。結婚相手は相応しい女性を探すという父の言葉を最初こそ話半分に聞いていたけれど、兄が父と折り合いが悪く海外に行ってから、俺への圧力は強くなった。

『ようやく条件のいい相手が見つかった』

月子と交際を初めてすぐにそう言われたけれど、俺は『結婚相手は自分で見つける』と断った。しかし、父は勝手に縁談を進め始めた。『付き合っている女性がいるから会ってほしい』と言っても無視で、気付けば見合いの場をセッティングされていた。直接会って角が立たないように断ったつもりが、父は裏で『あいつは不器用なので照れているだけ』と破談を阻止していた。

父を説得して、月子との結婚の話を進めたいというのに、どんどん事態が悪くなる。父への苛立ちから、もう親子関係が壊れてもいいから月子との結婚を強行しようかと考えていた。

考えてみれば、俺は自分が幸せになる方法ばかりを模索していたのだろう。

だからこそ、父がひそかに月子に接触し、俺の仕事を盾に別れを強要していたとは思いもよらなかった。月子が自分のためではなく、俺のために別れを選んだことに気付けなかったのだ。

別れはあっけなく訪れた。月子は恋が終わった、気持ちが冷めたと言って、別れを切り出した。父とのごたごたや、俺の縁談に対する不信感から月子の気持ちが離れても無理はないと思い、納得はできなかったものの別れに応じた。

月子は俺にとって人生をかけた恋人だった。もう誰とも結婚する気はないし、家族になるつもりもない。月子を失った以上、俺はもう誰も幸せにはできないだろう。彼女の背を見送りながら、暗い絶望が足を浸すのを感じた。

別れた後、何度も月子に連絡を取ろうと考えた。仕事のことで相談がある、写真でも撮りに行かないか、職場の女性の出産祝いを買うからアドバイスが欲しい……誘い文句は胸の内に湧いてきては消えた。

ダメだ。別れた相手にしつこくしていい理由なんかない。俺の未練だけで、月子を振り回してはいけない。

月子は美しく、聡明だ。彼女を好きになる男性は多くいるし、その中の誰かが、きっと完璧な幸福を彼女にもたらすだろう。俺はその姿を見ることはない。見てしまえば、嫉妬で死にそうになるだろう。だから月子が今どうしているか、毎日考えたとしても口には出さないし、行動にも移さないのだ。

そんな俺に大きな転機が訪れたのは、月子と別れて一年五カ月経った夏の日だった。

その日は月子と付き合い始めた日だった。二年前、ホテルのフレンチに予約をして、バラの花を渡して告白した。我ながらキザで青くさい告白だったけれど、月子が頬を染めて頷いてくれた光景は忘れられない。

同じホテルでディナーは少々寂しいので、ホテルの近くにある思い出の公園にやってきた。大学時代にサークルで夜間撮影に訪れた場所である。公園内から都心のビルが美しく撮影できるし、噴水がライトアップされていたりするのだ。

都心ど真ん中の公園は真夏でもそれなりに人がいた。

ふと、遠くに女性を見た。ベビーカーを押して歩くその姿はどう見ても月子だ。髪の毛が別れた頃より少し短くなっていたけれど、ロングヘアをポニーテールに結び、額の汗を拭って歩いている。あれは月子だ。見間違えるはずがない。

確信してから、俺の心臓は早鐘を打ち始めていた。

やがて、ベビーカーの主が騒ぎだしたようだ。月子は立ち止まって回り込み、小さな赤ん坊を抱き上げた。まだ一歳にもならないくらいの赤ん坊。ワンピース型のロンパースを着ているところを見ると女の子のようである。

あの子は月子の娘だろうか。生まれたのはいつ頃だろう。妊娠期間を考え、指先がしびれるような感覚がした。

（俺の子なのか……？）

胸に浮かぶ期待。そしてあの日封印した彼女への愛情が、今また湧き起こってくるのを感じた。

（もしそうなら、俺はもうきみを離せなくなる）

去っていく背中を呼び止めなかったのは、確実に彼女に近付き、真実を知るため。

調査会社に依頼し、月子の行方を捜しあてた。

転職していなかったため、捜そうと思えば捜索は容易なのだ。今までそれをしなかったのは、別れた相手を未練がましく追いかけてはいけないと思っていたから。しかし、子どもがいるとなれば話は別だ。少なくとも、俺はあの子が俺の娘なのか知る権利がある。

調査の結果、月子が現在住んでいる地域と産休を取っていた時期が判明した。シングルマザーであり、子どもの父親は不明。

赤ん坊の名前は真優紀。生まれたのは昨年の十一月だという。

妊娠期間を考えれば、ほぼ間違いないだろう。あの子は俺の娘。月子が産んでくれた俺たちの娘だ。

（会いに行こう）

抑えていた気持ちが噴出した。愛しながら別れを選択した相手が、子どもを産んでいたのだ。会いに行って復縁を申し込もう。あの子を一緒に育てると申し出よう。

再会した月子には拒絶された。娘とふたり、幸せなのだ。放っておいてほしいと。彼女の性格とひとりで産む決断をした心を思えば、頑なな態度を取られることは想定していた。しかし、俺も諦めるつもりはなかった。

時間をかけて、月子と真優紀の気持ちに寄り添い、いつか家族にしてもらえるように努力しよう。仕事の多忙さは変わらなかったけれど、今まで休みは眠って終わりのようなものだった。あの抜け殻のような日々と比べれば、月子と真優紀のために時間を割くのは喜びでしかなかった。

真優紀が徐々に俺に慣れてくれるのは、格別の喜びだった。愛する娘は月子によく似ていて、笑った顔はひまわりのようにキラキラ明るい。こんなに愛らしい娘を産んでくれた月子には感謝の気持ちでいっぱいで、もし彼女がこの先も復縁に応じてくれなかったとしても、俺の人生に真優紀の存在を与えてくれただけでありがたいと思えた。

やがて、元縁談相手から父に月子と真優紀の存在が明かされた。父はいまだに良縁の縁談を諦めていなかったため、立腹して月子の家に乗り込んできたのだ。

結果、月子が父に脅される形で別れを選んだことがわかった。俺はなんて馬鹿だったんだろう。月子は俺が今の病院で救命医を続けられるように、身を引いたのだ。

同時に自分のふがいなさも痛感した。月子が父のことを俺に相談せず、ひっそり身を引いたのは、俺との未来を描けないほど彼女が追い詰められていたからだ。

そんな状況に追い込んで、気付けずにいた自分が情けない。

それでも、俺は月子と真優紀から離れたくなかった。月子への愛情は衰えるどころかいや増している。月子と真優紀を守って幸せにしたいと月子に言い募った。月子はきっと、困っていただろう。

一方で、元縁談相手に脅迫まがいのことをされ、とうとう俺も自分のエゴと執着を見つめ直さなければならなくなった。このままでは、月子と真優紀を物理的に傷つけるかもしれない。俺がいなければふたりの暮らしには平穏が戻る。俺がいなくなれば……。

『和馬と別れた時、私も同じように思った』

思いつめた俺の背を撫で、そう言ってくれたのは月子だった。

『相手を想って行動したつもりが、独りよがりの勝手な行動になっているのはよくあるんだと思う。あのね、私が二年前和馬から離れたこと、妊娠がわかっても言わなかったことは間違った選択だった。ごめんなさい』

愛してると伝えてくれた彼女をたまらず抱きしめた。

月子がもう一度一緒に歩んでくれるなら、どんなことも越えていける。二度と離すものか。

『愛してる』

囁いた言葉には涙が交じった。俺の愛した人は、強くて聡明で美しい人なのだと感じた。

家族になろうと決めてからも様々な事件が俺たちに降りかかった。だけど、乗り越えて歩いてこられたのは月子のおかげだろう。そして、そこにはいつも真優紀の笑顔があった。

大学時代に出会い、長い時間をかけて育まれた気持ちは、今もなお続いている。これからも俺は月子と真優紀のために生きる。

家族が増えるかもしれない。見送る日も来るかもしれない。それでも、月子と育んだ絆が俺の歩みを支えてくれるのだ。

＊

「月子、お疲れ様。真優紀は寝た？」

寝室から戻ってきた月子に麦茶を差し出すと、彼女はグラスを手に喉を鳴らして飲み干した。ことんとテーブルにグラスを置く。

「やっと寝たわ。子守歌に童謡に、何曲も歌ったよ～。喉が渇いてたから、麦茶は助かった」

「歌声がバスルームまで聞こえたよ」

そう言うと、月子が「え、恥ずかしい」と頬を押さえた。

そんな彼女を抱き寄せる。月子が腕の中で不思議そうな顔で見上げてきた。

「どうしたの？　和馬」

「好きだなあと思ったらハグしてた」

「あらあら、甘えん坊なことを言うねえ」

月子が年上ぶって、あやすように背中をとんとんと叩くので、さらに抱擁を強くした。きゃあと悲鳴と笑い声があがる。

「和馬、きついよ。苦しいよ」

「気持ちがあふれたんだよ」

「こらこら」

文句を言う唇にキスをすると、月子の手がしがみつくように俺の背に回された。彼女は俺のハグは安心するとよく言うけれど、俺も月子の温度と香りにいつも安心しているのだ。帰ってきたと感じられる。

「和馬……きゃ！」

月子が小さく悲鳴をあげたのは、俺が月子を横抱きに抱き上げたからだ。細身の月子の身体はしなやかで、俺の腕力でも軽く持ち上げられる。

「やだ、下ろして。重たいよ」

「ダメ。全然重くないしね」

ソファに移動し、月子を膝にのせて座った。覗き込むと、月子が照れて困った顔をしている。先ほどまで年上ぶっていたというのに、今は年より幼く、初々しく見えた。

「和馬、私を困らせて喜んでるでしょ」

「違うよ。きみとふたりきりの時間を楽しんでるんだ」

「もう！」

こめかみにキスをして、次は頬、耳朶、首筋と唇を移動させていく。月子が恥ずかしそうに、目を細めて、喉を鳴らして息をのんだ。そんな姿に強い熱情を感じた。

「月子、好きだよ」

「私も好き」

囁き合って、唇を重ねる。

彼女に恋した日々は色褪せることなく記憶に刻まれ、これからいっそう俺の人生を彩ってくれるのだろう。

（了）

あとがき

こんにちは、砂川雨路です。『ハイスペ年下救命医は強がりママを一途に追いかけ手放さない』をお読みいただきありがとうございました。ベリーズ文庫ではお久しぶりの新作となりましたが、楽しんでいただけましたでしょうか。

本作は、シークレットベビーストーリーです。大きな事情から別れを決断し、シングルマザーの道を選んだヒロイン・月子は、頑なで強さが目立つ女性かもしれません。ですが、ひとりで子どもを育てると決断した以上は、強くあってほしいというのが作者の希望です。彼女の心を解かすため、ヒーロー・和馬には頑張ってもらいました。

年下ヒーローは個人的に大好きなんですが、『年下らしさは控えめに』という要望を担当様からいただいていたので、大人っぽく包容力のあるヒーローとなりました。引っ張ってくれる強引さもいいですが、優しさや静かな情熱を秘めた男性は魅力的だなあと感じます。

書き下ろし番外編では、和馬視点で彼の気持ちの振り返りと、その後の愛の日々を書かせていただきました。ふたりが愛を育み、可愛い娘とともに幸せになる未来を感じていただけたら幸いです。

最後になりましたが、本書を書籍化するにあたりお世話になった皆様に御礼申し上げます。

カバーイラストをご担当くださったRAHWIA様、ありがとうございました。アラサーのふたりなので大人っぽくしてほしいというリクエストにお応えいただき、落ち着いた雰囲気ながらドキドキ感のあるイラストに仕上げていただき嬉しかったです。

本書の編集に携わってくださった皆様、ありがとうございました。

最後の最後になりましたが、本書を楽しんでいただいた読者様、ありがとうございました。悩むこともありますが、読者様の応援がある限り、書き続けようと思えます。

まだまだ頑張ります！

それでは、次回作でお会いできますように。

砂川雨路《すながわあめみち》

砂川雨路先生への
ファンレターのあて先

〒104-0031
東京都中央区京橋1-3-1
八重洲口大栄ビル7F
スターツ出版株式会社　書籍編集部　気付

砂川雨路先生

本書へのご意見をお聞かせください

お買い上げいただき、ありがとうございます。
今後の編集の参考にさせていただきますので、
アンケートにお答えいただければ幸いです。

下記URLまたは二次元コードから
アンケートページへお入りください。
https://www.ozmall.co.jp/enquete/IndexTalkappi.aspx?id=2301

ベリーズ文庫

ハイスペ年下救命医は強がりママを
一途に追いかけ手放さない

2025年2月10日　初版第1刷発行

著　者　砂川雨路

発行人　菊地修一
デザイン　hive & co.,ltd.
校　正　株式会社文字工房燦光
発行所　スターツ出版株式会社
〒104-0031
東京都中央区京橋1-3-1　八重洲口大栄ビル7F
TEL　03-6202-0386（出版マーケティンググループ）
TEL　050-5538-5679（書店様向けご注文専用ダイヤル）
URL　https://starts-pub.jp/
印刷所　大日本印刷株式会社

Printed in Japan

ISBN 978-4-8137-1698-3　C0193

ベリーズ文庫 2025年2月発売

『一匹狼なパイロットの溺愛に生真面目CAは気づかない～偽装結婚で天才機長は加速する恋情を放つ～』 若菜《わかな》モモ・著

大手航空会社に勤める生真面目ＣＡ・七海にとって天才パイロット・透真は印象最悪の存在。しかしなぜか彼は甘く強引に距離を縮めてくる！　ひょんなことから一日だけ恋人役を演じるはずが、なぜか偽装結婚する羽目に!?　どんなに熱い溺愛で透真に迫られても、ド真面目な七海は偽装のためだと疑わず…!?

ISBN 978-4-8137-1697-6／定価825円（本体750円＋税10%）

『ハイスペ年下救命医は強がりママを一途に追いかけ手放さない』 砂川雨路《すながわあめみち》・著

OLの月子は、大学の後輩で救命医の和馬と再会する。過去に惹かれ合っていた2人は急接近！　しかし、和馬の父が交際を反対し、彼の仕事にも影響が出ることを知った月子は別れを告げる。その後妊娠が発覚し、ひとりで産み育てていたところに和馬が現れて…。娘ごと包み愛される極上シークレットベビー！

ISBN 978-4-8137-1698-3／定価814円（本体740円＋税10%）

『冷酷社長な旦那様が「君のためなら死ねる」と言い出しました～ヤンデレ御曹司の激重愛～』 葉月《はづき》りゅう・著

調理師の秋華は平凡女子だけど、実は大企業の御曹司の桐人が旦那様。彼にたっぷり愛される幸せな結婚生活を送っていたけれど、ある日彼が内に秘めていた“秘密”を知ってしまい――！　「死ぬまで君を愛すことが俺にとっての幸せ」溺愛が急加速する桐人は、ヤンデレ気質あり!?　甘い執着愛に囲われて…！

ISBN 978-4-8137-1699-0／定価825円（本体750円＋税10%）

『鉄仮面の自衛官ドクターは男嫌いの契約妻にだけ激甘になる【自衛官シリーズ】』 晴日青《はるひあお》・著

元看護師の律。4年前男性に襲われかけ男性が苦手になり辞職。だが、その時助けてくれた冷徹医師・悠生と偶然再会する。彼には安心できる律に、悠生が苦手克服の手伝いを申し出る。代わりに、望まない見合いを避けたい悠生と結婚することに!?　愛なきはずが、悠生は律を甘く包みこむ。予期せぬ溺愛に律も堪らず…！

ISBN 978-4-8137-1700-3／定価814円（本体740円＋税10%）

『冷血硬派な公安警察の庇護欲が激愛に変わるとき～燃え上がる熱情に抗えない～』 藍里《あいさと》まめ・著

何事も猪突猛進！な頑張り屋の葵は、学生の頃に父の仕事の関係で知り合った十歳年上の警視正・大和を慕い恋していた。ある日、某事件の捜査のため大和が葵の家で暮らすことに!?　“妹”としてしか見られていないはずが、クールな大和の瞳に熱が灯って…！　「一人の男として愛してる」予想外の溺愛に息もつけず…！

ISBN 978-4-8137-1701-0／定価836円（本体760円＋税10%）

ベリーズ文庫 2025年2月発売

『極上スパダリと溺愛婚～女嫌いCEO・敏腕外科医・カリスマ社長編～【ベリーズ文庫溺愛アンソロジー】』

人気作家がお届けする〈極甘な結婚〉をテーマにした溺愛アンソロジー第2弾！　「滝井みらん×初恋の御曹司との政略結婚」、「きたみ まゆ×婚約破棄から始まる敏腕社長の一途愛」、「木登×エリートドクターとの契約婚」の3作を収録。スパダリに身も心も蕩けるほどに愛される、極上の溺愛ストーリー！

ISBN 978-4-8137-1702-7／定価814円（本体740円＋税10%）

『追放された恥さらし王女が闇落ち中の悪魔騎士(実は最強王太子)をうっかり救ったら～奇跡の加護持ちだったうえ、妃として溺愛されてます～』朧月《おぼろづき》あき・著

精霊なしで生まれたティアのあだ名は“恥さらし王女”。ある日妹に嵌められ罪人として国を追われることに！　助けてくれたのは“悪魔騎士”と呼ばれ恐れられるドラーク。黒魔術にかけられた彼をうっかり救ったティアを待っていたのは――実は魔法大国の王太子だった彼の婚約者として溺愛される毎日で⁉

ISBN 978-4-8137-1703-4／定価814円（本体740円＋税10%）

ベリーズ文庫with 2025年2月発売

『おひとり様が、おとなり様に恋をして。』佐倉伊織《さくらいおり》・著

おひとりさま暮らしを満喫する28歳の万里子。ふらりと出かけたコンビニの帰りに鍵を落とし困っていたところを隣人の沖に助けられる。話をするうち、彼は祖母を救ってくれた恩人であることが判明。偶然の再会に驚くふたり。その日を境に、長年恋から遠ざかっていた万里子の日常は淡く色づき始めて…⁉

ISBN 978-4-8137-1704-1／定価825円（本体750円＋税10%）

『恋より仕事と決めたけど』宝月《ほうづき》なごみ・著

会社員の志都は、恋は諦め自分の人生を謳歌しようと仕事に邁進する毎日。しかし志都が最も苦手な人たらしの爽やかイケメン・昴矢とご近所に。その上、職場でも急接近⁉　強がりな志都だけど、甘やかし上手な昴矢にタジタジ。恋まであと一歩⁉と思いきや、不意打ちのキス直後、なぜか「ごめん」と言われてしまい…。

ISBN 978-4-8137-1705-8／定価814円（本体740円＋税10%）

ベリーズ文庫 2025年3月発売予定

Now Printing

『たとえすべてを忘れても』 滝井《たきい》みらん・著

令嬢である葵は同窓会で4年ぶりに大企業の御曹司・京介と再会。ライバルのような関係で素直になれずにいたけれど、実は長年片思いしていた。やはり自分ではダメだと諦め、葵は家業のため見合いに臨む。すると、「彼女は俺のだ」と京介が現れ!?　強引にニセの婚約者にさせられると、溺愛の日々が始まり!?

ISBN 978-4-8137-1711-9／予価814円（本体740円＋税10%）

Now Printing

『タイトル未定（航空自衛官×シークレットベビー）【自衛官シリーズ】』 惣領《そうりょう》莉《り》沙《さ》・著

美月はある日、学生時代の元カレで航空自衛官の碧人と再会し一夜を共にする。その後美月は海外で働く予定が、直前で彼との子の妊娠が発覚！　彼に迷惑をかけまいと地方でひとり産み育てていた。しかし、美月の職場に碧人が訪れ、息子の存在まで知られてしまう。碧人は溺愛でふたりを包み込んでいき…！

ISBN978-4-8137-1712-6／予価814円（本体740円＋税10%）

Now Printing

『両片思いの夫婦は、今日も今日とてお互いが愛おしすぎる』 高田《たかだ》ちさき・著

お人好しなカフェ店員の美与は、旅先で敏腕脳外科医・築に出会う。不愛想だけど頼りになる彼に惹かれていたが、ある日愛なき契約結婚を打診され…。失恋はショックだけどそばにいられるなら――と妻になった美与。片想いの新婚生活が始まるはずが、実は築は求婚した時から滾る溺愛を内に秘めていて…!?

ISBN 978-4-8137-1713-3／予価814円（本体740円＋税10%）

Now Printing

『タイトル未定（外交官×三つ子ベビー）』 吉澤《よしざわ》紗《さ》矢《や》・著

イギリスで園芸を学ぶ麻衣子は、友人のパーティーで外交官・裕斗と出会う。大人な彼と甘く熱い交際に発展。幸せ絶頂にいたが、ある政治家とのトラブルに巻き込まれ、やむなく裕斗の前から去ることに…。数年後、三つ子を育てていたら裕斗の姿が！　「必ず取り戻すと決めていた」一途な情熱愛に捕まって…！

ISBN 978-4-8137-1714-0／予価814円（本体740円＋税10%）

Now Printing

『冷徹な御曹司に助けてもらう代わりに契約結婚』 美甘《みあま》うさぎ・著

父の借金返済のため1日中働き詰めな美鈴。ある日、取り立て屋に絡まれたところを助けてくれたのは峯島財閥の御曹司・斗真だった。美鈴の事情を知った彼は突然、借金の肩代わりと引き換えに“3つの条件アリ”な結婚提案してきて!?　ただの契約関係のはずが、斗真の視線は次第に甘い熱を帯びていき…！

ISBN 978-4-8137-1715-7／予価814円（本体740円＋税10%）

タイトル、価格等は変更になることがございますのでご了承ください。

ベリーズ文庫 2025年3月発売予定

Now Printing

『花咲くように微笑んで(救命医×三角関係)』葉月《はづき》まい・著

司書の菜乃花。ある日、先輩の結婚式に出席するが、同じ卓にいた冷徹救命医・颯真と引き出物袋を取り違えて帰宅してしまう。後日落ち合い、以来交流を深めてゆく二人。しかし、颯真の同僚である小児科医・三浦も菜乃花に接近してきて…!「もう待てない」クールなはずの颯真の瞳には熱が灯って…!

ISBN 978-4-8137-1716-4/予価814円(本体740円+税10%)

ベリーズ文庫with 2025年3月発売予定

Now Printing

『アフターレイン』

西《にし》ナナヲ・著

会社員の栞は突然人事部の極秘プロジェクトに異動が決まる。それは「人斬り」と呼ばれる、社員へ次々とクビ宣告する仕事で…。心身共に疲弊する中、社内で出会ったのは物静かな年下男子・春。ある事に困っていた彼と、栞は一緒に暮らし始める。春の存在は栞の癒しとなり、次第に大切な存在になっていき…。

ISBN 978-4-8137-1717-1/予価814円(本体740円+税10%)

Now Printing

『この恋、温めなおしますか?~鉄仮面ドクターの愛は不器用で重い~』一ノ瀬《いちのせ》千景《ちかげ》・著

アラサーの環は過去の失恋のせいで恋愛に踏み出せない超こじらせ女子。そんなトラウマを植え付けた元凶・高史郎と10年ぶりにまさかの再会!? 医者として働く彼は昔と変わらず偏屈な朴念仁。二度と会いたくないほどだったのに、彼のさりげない優しさや不意打ちの甘い態度に調子が狂わされてばかりで…!

ISBN 978-4-8137-1718-8/予価814円(本体740円+税10%)

タイトル、価格等は変更になることがございますのでご了承ください。